ㄷ다뜻한 위로와 함께

1밝고 함찬 걸음을!

2023년 가을

1박성

마 흔 살
위로 사전

마흔 살
위로 사전

나를 들여다보는
100가지 단어

박성우 지음

창비

마음은 눈에 보이지 않지만
내 하루하루를 들여다보면 보인다.

마음의 등을 가만히 어루만져주면
가만가만 낮은 목소리로 말을 걸어온다.

고달프고 곤혹스럽다고,
서글프고 시무룩하고 뼈아프다고,
쓰라리고 암담하고 울적하다고,
문득문득 번져오는 마음도 내 마음이라고.

괜찮다고 감미롭다고 값지다고,
기운차다고 근사하다고 끄떡없다고,
대견하고 벅차고 아름답고 향기롭다고,
문득문득 스며드는 마음이 내 마음이라고.

기왕이면 주저앉지 말고
팬파이프 같은 볕이 드는 계단 위로
피아노 소리처럼 경쾌하게 올라가보자고,

마음이 몸의 어깨를 펴주고 걸음을 내딛는다.

차례

가득하다

꽃향기와 웃음소리와 저녁별로

**'언제나 곁에 있으면 좋겠어.'
가득하다는 것은, 너를 기다리는 것만으로도 마음이
푸르러진다는 것.**

○ 혼자 여행을 떠나면서 '행복하다'고 느낄 때.
  '나 하나만으로도 내 마음은 이미 충분해!'

○ '너한테는 너만의 특별한 향기가 있어.'
  라일락 향기처럼 너를 내 안으로 스미게 할 때.

○ '아, 이렇게 모인 게 얼마 만이지?'
  오랜만에 식구가 다 모여 음식을 해먹으며 시끌벅적
  웃고 떠들 때.

○ 달 차오르는 밤에 사랑하는 사람과 맥주 한잔하며

눈빛으로 이야기할 때.

**꽃냄새와 맑은 웃음소리와 초저녁별이 내 안으로 들어와
꽉 찬다.**

마음 곁에 마음을

너무 바빠서 서서 밥을 먹는 순간에도,
손 흔들며 달려올 너를 떠올리면 한없이 깊어진다.

단풍나무는 봄여름부터 손을 흔들어주고 있었지만
나는 단풍나무가 있다는 것도 모른 채 여기까지 왔
다. 기쁨과 행복은 언제나 그 자리에 있었고 다만 나
는 보지 못했다. 가까스로 가을에 닿아서야 오래전
부터 나를 향해 손 흔들고 있는 단풍 손, 같은 너를
본다. 나를 본다.

가소롭다

하도 같잖아서 헛웃음만

가소롭다는 것은, 타조 앞에서 뜀박질 자랑을 한다는 것.

◌ 기획안을 몇건밖에 제출하지 않고 그나마도 채택된
  적 없는 선배가 내 것에 대해 이러쿵저러쿵 시비를
  걸어올 때.

◌ "야, 그렇게 우물쭈물하면 사고 난다니까! 운전 좀
  부드럽게 해."
  면허도 없는 친구가 조수석에서 운전 실력이 어쩌네
  저쩌네 투덜댈 때.

◌ "예예, 사장님. 여부가 있겠습니까."
  "야, 그거 하나 똑바로 못해서 내가 이 망신을
  당해야겠어?"
  사장 앞에서는 굽신거리고 우리 앞에서만

큰소리쳐대는 이 차장을 볼 때.

"나 아니었으면 어떻게 할 뻔했어?"
내 일을 거들어준 동료가 고마운 마음도 무색하게
며칠 내내 생색을 낼 때.

**얼굴로 튀어 나오려는 표정을 가까스로 손가락 쪽으로
밀어낸다.**

열고 닫을 수 있는 미닫이처럼
귀에도 문이 달렸으면 싶다.

웃음에는 꼬리가 있다. 입꼬리가 있다. 즐거울 때 웃
음은 양 입꼬리를 가볍게 들어올리면서 흘러가고,
어이없을 때 웃음은 한쪽 입꼬리만 추켜올리면서 새
나간다. 웃음을 나누는 방식과 웃음을 버리는 방식
이다. 웃음을 나눌 때는 점점 커져 함박웃음이 되고,
버릴 때는 맥없는 헛웃음이 된다.

가혹하다

시퍼렇게 질릴 만큼

**가혹하다는 것은, 숨 돌릴 틈도 없이 죽어라 일만 하고
살아왔는데,
문득 돌아보니 한숨과 빈 걸음만 남아 있다는 것.**

○ 다른 직원은 다 정시퇴근하는데 당연하다는 듯
　나한테만 야근하라고 지시할 때.

○ 지하철도 버스도 끊기고 택시까지 안 잡혀서 한겨울
　길바닥에서 오들오들 떨고 있을 때.

○ "오늘 안에 처리할 수 있지?"
　삼일 치 일거리를 오후 네시에 던져주는 김 부장을
　볼 때.

○ '아, 이 혹한에 또 어디로 가야 한단 말인가.'

얼토당토않게 전세금을 올린 집주인이 그 돈 못 낼 거면 당장 방 빼달라고 할 때.

피곤과 졸음과 추위는 더욱 세차게 몰려와 들러붙는다.

마음 곁에 마음을

고개를 들 수 없을 만큼 기운이 없고,
몸이 퍼렇게 질릴 만큼 힘들다.

마음도 몸도 혹한이다. 이것 하나 해결 못해? 이 정도도 예측 못했어? 나는 분명 잘못된 방향이라는 의견을 냈지만 상사는 전혀 기억도 못한다, 못한 척한다. 몰아치던 말과 혹독한 결과를 털어내며 왜틀비틀 집으로 가는 길. 분명, 봄은 오고 있고 이 모진 시간들도 지나가고 있다.

각박하다

마른 먼지만 풀풀

'문자까지는 바라지도 않았어.'
각박하다는 것은, 며칠이나 앓아누웠다가 출근하는데 누구
하나 '몸은 좀 어때요?'라고 묻지 않는다는 것.

○ '미안해. 아빠가 회사에 바로 들어가야 해.'
    급작스레 아이가 아파서 잠깐 병원에 다녀왔는데 그
    시간을 정확히 업무시간에서 제할 때.

○ '이런 제길, 피가 나네.'
    장비를 점검하다가 손을 다쳤는데 같은 라인 사람들이
    본체만체 자기 일만 할 때.

○ 복도에서 인사를 해도 못 본 척 지나가버리는 사람들과
    같은 건물에서 일할 때.

○ 도로 한쪽을 힘겹게 지나가는 리어카를 향해 거세게 경적을 울리는 앞 차를 볼 때.

사람의 마음을 탈탈 털면 마른 먼지만 풀풀 날릴 것 같다.

마음 곁에 마음을

핑크빛 하루? 그런 것은 없다.
향기를 잃어버리고 산 지 오래다.

문득, 사람 냄새가 그리워서 그저 먼 곳에 있는 너를 떠올려볼 때가 있다. 사람 냄새라고는 전혀 없는 사람들 틈에 끼어 나조차 말라비틀어지고 있는 것 같은 하루하루. 과연, 나한테서는 어떤 냄새가? 내가 먼저 멀리까지 가는 향기를 품어야 할 때, 마음속에 꽃나무 한그루 심기로 한다.

각별하다

떠올려보는 것만으로도 뭉클하게

'아, 예쁘다, 너처럼!'
각별하다는 것은, 아무리 소소해도 좋은 것만 보면 네가
눈앞에 아른거린다는 것.

○ 입사했을 때부터 지금까지 한결같이 대해주는 부장님을
　볼 때.
　'요즘 세상에 이런 상사를 만나기도 쉽지 않지……'

○ '할머니가 계셔서 지금의 내가 있어.'
　나를 키워주신 외할머니와의 기억을 더듬어볼 때.
　'할머니도 내가 이렇게 커서 잘 사는 게 마냥
　신기하겠지?'

○ '언니, 언니가 아니었으면 직장생활 못했을 거야.'
　자기 아이 키우기도 힘들었을 텐데 내가 바쁠 때마다

우리 애를 자식처럼 돌봐주는 언니를 떠올려볼 때.

'아, 그만 오라니까.'
교통사고를 당했을 때 하루도 빠짐없이 병문안 와주던
친구를 볼 때.

아랫눈썹은 그새 고인 투명한 물을 따뜻하게 받치고 있다.

내가 보는 것을 너도 보고 있을 것만
같은 느낌이 든다.

한쪽으로 기울어진 것은 넘어진다. 하지만 중심을 두
고 기울어진 것은 견고하다. 아름다운 지붕의 원리
처럼. 멀리 떨어져 지내도 서로를 향해 기울어져 있
어 쓰러지지 않는다. 내가 넘어지려 할 때마다 네가
중심을 잡아주고 네가 넘어지려 할 때면 내가 중심
을 잡아주면서. 너는 멀리 있어도 가깝다.

간절하다

두 손을 모으고 우두커니

'엄마 아빠, 제발 아프지 마.'
간절하다는 것은, 결혼한 뒤로 자주 뵙지 못하는 부모님이
더는 아프지 않길 바란다는 것.

○ 여름휴가철 고속도로 위, 엉금엉금 기어가는 차 안에서
　아이스 아메리카노가 어른거릴 때.
　'휴게소는 왜 안 나와?'

○ "게임기랑 살지 말고 나랑 이야기 좀 하자!"
　학원 갔다 온 아이가 인사도 대충 하고 방으로
　들어가버릴 때.

○ '그래, 반드시 좋아질 거야.'
　또래보다 말과 행동이 늦된 아이가 조잘조잘 까불면서
　잘 크기를 바랄 때.

○ '얼른 탈탈 털어버리고 일어났으면……'

씩씩하기만 한 언니가 일이 잘 풀리지 않아서 어깨가 처지고 시무룩해 있을 때.

긴 한숨이 발등에 쌓여 걸음을 무겁게 한다.

마음 곁에 마음을

기도는 지극한 바닥과 바닥을 맞대는 순간,

만들어진다.

절망은 무겁다. 순식간에 몸을 주저앉히는 힘을 가지고 있다. 우두커니 주저앉혀놓고 나를 부르는 소리도 자동차 경적도 들리지 않게 한다. 깜빡깜빡, 가볍게 깜빡이던 눈이 눈꺼풀을 무겁게 내린다. 앞을 깜깜하게 한다. 가만히 손바닥을 맞대 절망을 납작하게 누른다.

감미롭다

잔물결을 스친 바람이 꽃가지를 흔들 때

감미롭다는 것은, 빨래를 널다가 문득 볕 좋은 창가에 앉아 쉬어본다는 것.

○ '얼마나 기다린 금요일인지 몰라.'
  힘든 한주를 마치고 들어와 캔맥주 한잔하면서
  밤늦도록 영화를 볼 때.

○ 평소에는 귀찮게만 느껴지던 새소리가 주말 아침
  청량하게 들려올 때.

○ 다음으로 미룰까 하던 일을 깔끔하게 마무리하고
  사무실을 나설 때.
  '아, 드디어 휴가구나.'

○ 종일 손님에 시달린 뒤 좋아하는 음악을 들으며 한숨

돌릴 때.

축 늘어져 있던 촉수들이 살아나 마음을 촉촉하게 한다.

무얼 선물할까 고민하던 나는
나에게 바다를 선물한다.

해 지는 바닷가 모래밭을 펼쳐주고 때마침 떠오르는
초저녁 달빛을 당겨와 안겨준다. 별빛 일렁이는 파
도소리와 검푸른 바닷바람 냄새를 끌어와 의자에 앉
힌다. 짧은 밤을 길게 이어 침대에 누이고 깊고 긴 얘
기를 들려주다 잠든다. 뒹굴뒹굴 아침 해를 바다 위
에 굴려본다.

갑갑하다

도무지 출구가 보이지 않아

**갑갑하다는 것은, 꽉 막힌 마음에 바늘구멍 하나라도 내야
살아갈 수 있다고 느낀다는 것.**

○ '휴우, 오늘도 숨 한번 크게 내쉬고 타자!'
먹고살아보겠다고 출근시간 지옥철에 몸을 구겨
넣을 때.

○ '이걸 언제 샀더라?'
오래전 옷장에 넣어두고 깜빡했던 셔츠를 꺼내
입어볼 때.
'오, 숨을 크게 쉬기라도 하면 단추가 발사될 것 같아!'

○ '아, 나는 언제쯤 이 비좁은 공간을 벗어날 수 있을까?'
아무리 버둥거려도 작은 사무실에만 갇혀 있는 나를
가만히 보게 될 때.

겨울옷 소매를 잘라낸다고 여름옷이 되는 것은 아니다.

꺼내기 전에는
그저 어둠에 불과했는지도 모른다.

입김을 불어넣어 소리를 꺼내기 전까지는 플루트가
어떤 소리를 품고 있는지 알 수 없다. 불려나가고 싶
은 소리들의 열망. 흰건반과 검은건반을 누르기 전
까지 소리들은 그저 숨죽인 채로 검은 피아노 안에
갇혀 있다. 경쾌하게 창을 흔들어 열고 나오기 전까
지는.

　자꾸 어딘가로 가려고 하는 영혼에게 훔쳐온 문장
하나를 읽어준다 일주일 내내 현명하고 아름다운 사
람은 없다
　　　━안현미 「기타여」 부분(『이별의 재구성』, 창비 2009)

갑작스럽다

이제 자리 좀 잡나 싶었는데

'불쌍해서 어떡하냐. 아직 돌도 안 된 애도 있는데.'
갑작스럽다는 것은, 착하게만 살던 고등학교 동창이
심장마비로 먼저 떠났다는 소식을 듣는 것.

○ '여기 있던 세제가 왜 사라졌지?'
오랫동안 익숙해진 최적의 설거지 세팅이 갑자기
바뀌어 있을 때.

○ '어디? 어디라고요?'
회사 근처로 이사한 지 얼마 되지 않았는데 생각지도
못한 지역으로 발령 났을 때.

○ 약속장소가 바뀌었다는 것을 뒤늦게 알게 되었을 때.

○ '이제 자리를 좀 잡아가는구나.'

힘들게 시작한 가게가 좀 되나 싶었는데 미성년자 주류 판매 신고로 영업정지 처분을 받았을 때.

가던 걸음을 멈추고 하늘을 바라본다.

마음 곁에 마음을

'지금까지 회사만 바라봤는데 뭐, 권고사직?'
그냥저냥 굴러먹고 사는 일도 쉽지 않다.

어설프게나마 꽃을 피우는가 싶었는데 비바람을 만나 꽃을 놓치고 만다. 그냥저냥 열매를 맺는가 싶었는데 뜬금없는 태풍에 풋것들을 다 쏟아내고 만다. 무엇을 어떻게 해야 하는지. 버스를 기다리다가 떨어뜨린 체크카드를 들어 바라보면서 호흡을 크게 해 본다.

값지다

무기력하게 보내던 시절에 비하면

값지다는 것은, 남을 의식하지 않고 하고 싶은 대로 나답게 살고 있다는 것.

○ 112에 전화해 길 잃은 치매 노인을 집으로 돌아갈 수 있게 해줬을 때.
'할머니 집을 찾아 무사히 보내드렸다는 문자를 다 보내주네.'

○ 석달 동안 필라테스 강습을 하루도 빼먹지 않고 받았을 때.

○ "이모가 와도 상관없으니까 이모가 해!"
녹색어머니회에 나가서 아이들이 안전하게 등교할 수 있도록 도와주고 올 때.

◯ 주운 지갑을 주인에게 돌려주게 되었을 때.
"지갑 주인인데요. 정말 고맙습니다. 연락처는 못
알려준대서 전화라도 좀 걸어달라고 했어요."

잊고 지내던 멜로디가 무의식중에 흘러나와 흥얼댄다.

씨앗을 싹트게 하는 건
빗방울 하나, 햇살 한줌이다.

순간순간 필요로 하는 것들이 바뀐다. 귀가 가려운
사람에게는 면봉이 필요하고 목이 시린 사람에게는
목도리가 필요하다. 추워하는 사람을 위해 차창을
닫아주는 누군가의 작은 손길처럼 너와 나를 따뜻한
쪽으로 향하게 하는 것들. 가치를 따질 수 없이 소중
한 것들.

개 운 하 다

아무 생각 없이 푹 자고 일어나니

'이 맛에 운동하는 거지!'
개운하다는 것은, 자전거를 타고 돌아와 막 샤워를
마쳤다는 것.

○ '생각만큼 어렵지 않았어!'
아무도 몰래 밤잠 줄여가며 준비한 제2외국어
자격증시험을 마치고 돌아올 때.

○ 이비인후과에 가서 꽉 막혔던 코를 뚫고 나올 때.

○ '어, 한국음식점이네.'
해외여행을 하면서 한달 만에 얼큰한 음식을 먹게
될 때.

○ 대청소하면서 버릴 것들 다 모아 미련도 같이

털어내버릴 때.

한껏 가벼워진 걸음이 마음까지 부풀게 한다.

기분 좋게 젖어가면서
기분 좋게 맑아진다.

내내 놓친 잠을 붙들고 잔다. 그만 일어나도 좋겠다
는 잠을 둘둘 감고 오래도록 잔다. 마침맞게 내리는
맑고 투명한 빗소리를 몸 안으로 굴려와 안고서 지
겹도록 잔다. 툭툭, 신물 나게 자고 일어나 창을 열고
손 내밀어 빗방울을 받아본다.

아무것도 안 하는 중이에요 행복하고 싶어서
── 김선우 「오늘은 없는 날」 부분(『내 따스한 유령들』,
창비 2021)

거북하다

숨겨져 있는 가시가 선명히 보여

거북하다는 것은, 같은 날 입사했지만 나보다 승진이 빠른
동기가 업무로 잔소리를 하는 것.
점심을 먹지 않아도 속이 더부룩하다.

○ '왜 하필 내 옆에 서 있는 거지?'
   악담과 저주를 퍼붓던 내 인생 최악의 사람을 후배
   결혼식장에서 만났을 때.

○ '지문이 없다는 바로 그 달인?'
   누구든 가리지 않고 상사 앞에서 굽신굽신 손이
   닳도록 비벼대는 그 인간을 면전에서 보게 될 때.

○ 먹지도 못하는 추어탕을 자꾸 몸보신해주겠다며
   사주는 팀장을 볼 때.

◌ 종업원을 함부로 대하는 옆 테이블 손님을 볼 때.
 '한마디 해야 하나? 그런데 덩치가 너무 큰데……'

어떤 표정을 지어도 어색하게만 느껴진다, 당신도 나도.

너의 말과 행동에 숨겨져 있는
가시가 선명하게 보인다.

아카시아나무는 가시를 달고 있다. 말하자면 자신
이 약한 존재임을 드러내놓고 보여주고 있는 셈이다.
약한 자신을 지키기 위한 생존의 방편. 살아남기 위
한 악다구니. 어떤 선인장은 가시가 없는 듯해도 자
세히 들여다보면 상대에게 충분한 괴로움을 주고도
남을 수많은 잔가시를 가지고 있다.

겸 연 쩍 다

아무도 눈길조차 주지 않아서

'정확히 열두시까지 갈 거니까 좋은 자리로 잡아주세요.'
겸연쩍다는 것은, 북적대는 맛집에 먼저 가 있는데 30분이
넘도록 아무도 오지 않고 있다는 것.
'여기, 물 한잔만 더 주실래요?'

○ 딸기무늬 양말을 신고 출근했는데 하필 신발 벗고
들어가는 음식점에서 임원들과 식사할 때.
'당당한 척해야지, 당당한 척해야지……'

○ '어, 이 버스가 아닌가? 아니네!'
막 출발하려는 버스를 뛰어가 올라탔는데 노선번호를
잘못 봤을 때.

○ 얼큰하게 술이 올라 현관문 초인종을 눌렀는데 모르는
아저씨가 위아래로 훑어보다가 문을 쾅 닫을 때.

"죄, 죄송합니다. 제가 그만 동호수를 착각해서······
딸꾹."

**뒷머리는 어정쩡한 손을 불러와서 더디게 가는 시간을
긁어낸다.**

마음 곁에 마음을

'뛰어넘지 마세요. 다칠 수 있습니다.'
미안하다, 몰래 뛰어넘다 보기 좋게 다쳤다.

예측은 종종 빗나간다. 당장 내 힘으로는 뭔가를 해
결할 수 없는 애매한 상황에 놓일 때는 시선을 벽
에 붙여놓기도 하고, 시간을 벽 안에 가두어놓기도
한다. '당연히'를 '설마'로 바꿔놓기도 하고, 설마를
'그러면 그렇지'로 바꿔놓기도 하면서.

경쾌하다

잎과 잎을 슬쩍슬쩍 흔들어 부딪치며

**경쾌하다는 것은, 정기휴가 전날 퇴근하는 발걸음에서
피아노 소리가 난다는 것.**

○ 6개월 전부터 계획한 유럽여행을 떠나며 캐리어를
  끌고 공항으로 갈 때.

○ "아, 날씨 한번 좋다!"
  잔뜩 멋을 내고 중고등학교 시절 단짝 친구를 만나러
  갈 때.

○ '오늘은 좋은 일이 있을 것 같아!'
  출근 길, 무작위 플레이리스트에서 제일 좋아하는
  노래가 나올 때.

○ 우연히 들른 옷가게에서 마음에 꼭 드는 옷을 사서

나올 때.

휘파람을 불 줄 안다면 아주 크게 불었을 것이다.

쓸쓸함을 가볍게 딛고
상쾌하게 건너간다, 너와 함께.

걸음 밖으로 나온다. 구두 굽 속에 들어 있던 감정이
보도블록으로 또각또각 가뿐하게 걸어 나와, 처음으
로 그의 팔짱을 끼게 한다. 약간의 어색함도 사라지
고, 잎과 잎을 슬쩍슬쩍 흔들어 부딪치며 물들어가
기 시작한 은행나무 가로수길.

고달프다

몸살에 걸린 몸이 나를 끌고

'다른 데는 안 그런다는데 이 회사는 왜 그러지?'
고달프다는 것은, 술을 전혀 못하는 내가 2차, 3차 회식
자리를 지키고 있다는 것.
'설마, 노래방까지 가지는 않겠지?'

○ '감사합니다. 또 오세요!'
화장실에 갈 시간도 없이 종일 계산대 앞에서 손님을
상대해야 할 때.

○ "오늘도 출근해?"
남들은 쉬는 임시공휴일에도 나가 일을 해야 할 때.

○ '이번엔 또 얼마나 걸리려나.'
명절 때마다 꽉 막히는 고속도로를 타고 내려갔다가
올라와야 할 때.

○ '벌써 다섯번째 같은 말을 하고 있어.'
횡설수설하는 상사의 말을 계속 듣고 있어야 할 때.

유체이탈한 몸이 기계처럼 작동한다.

쇠로 만들어진
일 기계가 아니다, 나는.

시침과 분침은 제각기 가면서도 같이 간다. 건전지
가 닳기 전까지는 제자리를 지키면서 가고, 건전지
가 다된 뒤에는 제자리걸음을 한다. 다시 움직일 수
있도록 새로운 에너지를 만들 때가 필요하다는 것,
끄떡없는 기계도 쉬지 않고 돌면 반드시 고장나게
되어 있다.

발밑에 밟히는 시름꽃들, 삶이란
원래 기막힌 것이라고 중얼거린다
───천양희 「여름 한때」 부분(『마음의 수수밭』,
개정판 창비 2019)

고소하다

안타깝긴 해도 속이 다 시원하게

'야, 그거 대충해도 따는 거 아냐?'
고소하다는 것은, 내 자격증을 우습게 보던 선배가 같은
시험에 매번 떨어진다는 것.

○ 틈만 나면 잘난 척하는 밉상이 기본적인 일 처리도
　제대로 못해서 한 소리 듣고 있을 때.

○ "야, 한가한 너희끼리 만나."
　주말마다 스키 타러 다닌다고 나대던 친구가 감기에
　걸려 나타났을 때.

○ 길에 침을 퉤! 뱉고 지나가는 밉상이 돌부리에 걸려
　넘어질 때.

○ 주말여행 가자는 말을 무시하고 동호회 사람들과

축구하러 나간 남편이 비를 쫄딱 맞고 왔을 때.

귀는 못 들은 척 다시 듣고 싶어하고 눈은 못 본 척 다시 보고 싶어한다.

마음 곁에 마음을

너와 나는 같이 있다. 같은 일을 하고
같이 퇴근한다, 보기에는 좋게.

너는 때때로 우리가 같은 위치에 있지 않다는 것을
은근히 강조하고는 한다. 우쭐거리는 것으로 내 위
치보다 더 높은 쪽으로 너를 옮기려 한다. 너를 높이
는 것은 상관없겠으나 나를 눌러 내리는 것으로 너
는, 매번 높아지고 있다. 그러던 네가 오늘은 발을 헛
디뎌 보기 좋게 굴러떨어졌다. 내 발밑 쪽으로.

017

고약하다

그저 보고만 있을 수 없을 만큼

'이따위로 처리할 거야!'
고약하다는 것은, '버럭' 김 상무의 침 튀는 잔소리를 한시간째 듣고 있다는 것.

◌ '왜 하필 이럴 때 에어컨은 고장 나는 거지?'
달달달 소리 나는 선풍기로 한여름 더위를 견뎌야 할 때.
"예, 뭐라고요? 2주 뒤에나 수리기사가 올 수 있다고요?"

◌ '새벽부터 서둘렀는데도 막히네.'
무더운 휴가철, 주차장으로 변한 도로를 뚫고 갔다가 다시 꽉꽉 막히는 길을 뚫고 와야 할 때.

◌ 한겨울 혹한에 수도계량기가 터져 물이 나오지 않을 때.

납작벌레처럼 납작하게 몸이 눌린다.

마음 곁에 마음을

사과나무 이파리를
오그라트리고 뒤트는 나방이 있다.

사과나무 이파리에 알을 낳아 붙이는 사과굴나방.
이 나방의 알은 곧 유충이 되어 사과나무 이파리를
굴처럼 파고든다. 즙을 빨아 먹는 것으로 사과나무
이파리를 오그라트린다. 뒤틀린 잎은 누렇게 타들어
가며 죽어간다. 사과나무는 사과굴나방을 만나지 않
는 게 최상이다. 애초부터 만나지 말아야 했을 사람
처럼.

018

고요하다

말없이 제 할 일 해내는 것들은

**고요하다는 것은, 새벽 강가에 나가 나도 강물이
되어본다는 것.**

◌ 인적 없는 산속 집 마당에 누워 밤하늘 별을 올려보고
있을 때.
'아, 이렇듯 반짝이는 시간이라니!'

◌ 바닷가 민박집 작은 창으로 가만가만 들어와 있는
달을 올려다볼 때.

◌ 아침 언덕에 올라 안개가 피워놓고 간 하얀 찔레꽃을
바라볼 때.

◌ 길 끊긴 산마을에 들어앉아 차곡차곡 함박눈이 쌓이는
것을 바라볼 때.

말수를 좀 줄여도 좋겠다고, 귀가 말한다.

마음 곁에 마음을

안개를 따라 이른 아침 바닷가
솔숲에 스며들어본다.

아름드리 소나무에 기대 밀물로 물러가는 희미한 바
다를 바라보다가 가만히 손을 뻗어 소나무의 등에
가만, 손을 얹어본다. 까칠한 듯 든든한 이 느낌은 뭐
지? 굳고 곧고 믿음직스러운 것들은 대체로 말없이
제 할 일을 해낸다.

019

곤혹스럽다

이러지도 저러지도 못하고

**곤혹스럽다는 것은, 부장님은 회식 좀 하자고 하고
팀원들은 회식 좀 줄여달라고 하는 것.**

○ '자네 생각은 어때?'
회의 시간에 넋을 놓고 있었는데 갑자기 내 의견을
물어볼 때.

○ 아이를 낳지 않기로 약속하고 결혼했는데 왜 아이를
안 갖느냐는 말을 계속 들어야 할 때.

○ 오랜만에 만나 뵌 친척 어른한테 줄줄이 이어지는
자식 자랑 얘기를 들어야 할 때.

○ 지하철 개찰구 앞에서야 지갑을 집에 두고 온 걸
깨달을 때.

국물을 삼키지도 뱉지도 못해 입천장이 델 것만 같다.

마음 곁에 마음을

힘주어 잡고 있어야 하는 상황인데
마음먹은 대로 힘이 들어가지 않는다.

아직 조심스러운 사람과 동행하는 길, 걸음을 옮길
때마다 양말이 흘러내린다. 애써 신경 쓰지 않고 걸
으려 할수록 더욱 신경 쓰이는 양말, 슬쩍슬쩍 양말
목을 당겨 올리며 걷는다. 보란 듯이 발밑까지 흘러
내려가는 양말, 뒤꿈치가 까지는 것 같아도 나는 미
소를 잃지 않아야 하고.

020

공손하다

으레 함부로 말하거나 행동하지 않고

공손하다는 것은, 나를 낮추고 상대를 귀하고 높게
만든다는 것.
'너는 사람을 참 기분 좋게 만드는 힘이 있어!'

○ 인내가 좀 필요해도 내 말을 다 들은 뒤에야 말을
시작하는 너를 볼 때.

○ '그것도 모르세요?' 하지 않고
'누구나 모를 수 있어요' 하며 불쾌하지 않게
설명해주는 그를 볼 때.

○ '나한테 왜 고마워하지 않아?'라고 말하는 대신
'당연히 제가 할 일인데요'라고 말하는 동료를 볼 때.

한 손으로 받아도 될 말을 두 손으로 받아본다.

마음 곁에 마음을

'참 예쁜 꽃을 피워냈구나.'
언제나 그렇듯 너는 호박꽃 앞에서도
부드럽게 말한다, 으레 튀어나오는 말을 버리고.

어쩌면 저렇게 예의 바를 수 있을까. 어쩜 저렇게 한
결같을 수 있을까. 너는 항상 상대를 섬세하게 대하
는 자세로 나를 되돌아보게 하고, 상황을 차분하게
들여다보는 것으로 나를 들여다보게 한다. 호박꽃도
너를 아름답고 사랑스럽게 올려다볼 수밖에.

021

과감하다

거침없이 성큼성큼 뻗어가면서

과감하다는 것은, 가던 길을 버리고 거침없이 다른 길로 접어든다는 것.

○ "사장님, 제 생각은 다릅니다!"
  모두가 눈치만 보는 회의 시간에 소신 발언을 할 때.

○ '그래, 떠나자!'
  남부러워하는 직장을 그만두고 유럽 일주 여행을
  떠날 때.

○ 평생 해보지 않던 헤어스타일에 도전해볼 때.
  '나 좀 괜찮은데?'

움직이는 손과 발이 눈을 휘둥그레지게 만든다.

성큼성큼 뻗어가면서
푸릇푸릇한 길을 만들어간다.

정말이야? 누구는 놀라고 누구는 부러워한다. 누구
는 미쳤다고 하고 누구는 대단하다고 한다. 여태껏
잘해오다가 갑자기 왜? 다소 무모해 보이기도 한 결
단과 실행이 진짜 나의 길을 찾아가게 하는지도 모
른다. 노박덩굴이 거침없이 허공에 발을 뻗어가며
제 영역을 늘려가고 있다.

022

관대하다

기꺼이 더 지친 사람을 쉬게

**관대하다는 것은, 횡설수설 술주정하는 후배의 말을
끝까지 들어준다는 것.**

○ 자신에게는 엄격하면서도 후배의 실수에는 '그럴
수도 있지 뭐' 하고 넘어가는 선배를 볼 때.

○ '또 술을 마셨느냐'고 잔소리할 줄 알았는데
'회사생활이 그렇게 힘들어?' 하며 안아주는 아내를
볼 때.

○ 지각해서 어쩔 줄 몰라 하는데 '사고 나서 차가 참
많이 막히더라' 하며 넘어가는 국장을 볼 때.

넓은 마음 하나가 들어와 좁은 마음 하나를 넓힌다.

마음 곁에 마음을

잠시 내 색을 버리고 그의 색깔에 맞춰본다.

네가 쉴 자리에 더 지친 나를 쉬게 해준다는 것, 생각처럼 쉽지 않다. 네가 원하는 방향이 아닌 내가 원하는 방향으로 기꺼이 걸음을 옮겨준다는 것, 결코 간단치 않다. 저녁 가로등이 너와 나를 넘어지지 않게 하려고 최대한 고개를 높이 들어올려 빛의 넓이를 넓히고 있다.

　　쓸쓸한 듯
　　꿈꾸는 듯
　　하나 둘 켜지는 불빛들
　　　　──박형준 「꽃이 필 시간」 부분(『춤』, 창비 2005)

023

괜찮다

여기까지 온 게 어디인가

괜찮다는 것은, 가로가 아닌 세로로, 고개를 끄덕여 본다는 것.

◯ 한없이 무기력하고 우울한 퇴근 시간, 오랜만에
전화를 걸 친구가 생각날 때.

◯ 숨 쉬기조차 힘든 만원버스에 끼어 있을 때.
'세 정거장만 더 가면 우리 집이야.'

◯ 별 기대 없이 간 식당 음식이 엄마 손맛일 때.

들숨으로 안도를 들이고 날숨으로 걱정을 내보낸다.

마음 곁에 마음을

붉은 열매 하나, 바닥에 닿아 있다.
떨어진 게 아니라 다만 뿌리를 내리기 위해
이곳으로 내려온 거라고.

쉽게 새의 눈에 띄기 위해 붉게 익는 열매가 있다.
먹이가 되어 새의 배 속으로 들어가기 위해, 새의 날
개를 타고 먼 곳까지 날아가 씨앗을 퍼트리기 위해.
그렇지만 모든 붉은 열매가 새의 선택을 받아 번지
는 것은 아니다. 눈 내린 아침, 지상으로 내려와 온몸
으로 겨울 볕을 당겨 안아 눈을 녹이고 있는 붉은 팥
배나무 열매 한알.

024

구차하다

주저리주저리 말할수록 자꾸

구차하다는 것은, 웅얼웅얼 말을 늘어놓을수록 점점 내가 작아진다는 것.

○ 약속시간에 늦은 이유를 삼십분째 설명해야 할 때.
　"진짜, 맹세코, 알람이 안 울렸다니까!"

○ "제가 요즘 간이 너무 안 좋아서요, 거기다 내일 중요한 미팅도 있고……"
　회식 자리에 빠져보려고 모든 핑계를 동원할 때.

○ "내가 올해 회사일도 너무 많고 스트레스도 많이 받고……"
　다이어트는 잘되고 있냐는 연인의 말에 '그렇다'고 답하지 못할 때.

◌ 금연 선언을 하고 하루 만에 걸려서 이런저런 변명을 하게 될 때.

개미만큼 작아지는 내가, 내 눈에도 잘 보이지 않기 시작한다.

급기야는 측은히 여겨지는
마음에 이르고 만다.

말은 나를 크게도 하고 작게도 만드는데, 특히나 변명은 나를 작게 한다. 허구한 날 일찍 사라지는 부장 앞에서 지각한 이유를 세세하게 늘어놓다보면 나는 이미 작아져 있다. 고양이만큼 작아지고 생쥐만큼 작아지고 급기야는 개미만큼 작아져 상대방 눈에 잘 보이지도 않는 존재가 될지 모른다. 설명을 모두 변명으로 여기는 상대 앞에선 당장 말을 끊어야 한다. 언제나 내가 기어들어 숨어야 하는 존재는 아니다.

025

귀찮다

어디에든 숨어들고 싶을 만큼

귀찮다는 것은, 막 퇴근해서 대충 씻고 쉬려는데 술 마시고 있는 회사 선배한테서 전화가 온다는 것.

○ 모처럼 쉬는 날, 별로 친하지 않은 후배 결혼식에
　다녀와야 할 때.
　'나는 결혼할 생각도 없는데.'

○ '아, 또 뭐지?'
　일 좀 하려고 하면 별것도 아닌 일로 차장이 부르고,
　또 일 좀 하려고 하면 더 하찮은 일로 부장이 부를 때.

○ "또, 갔다 오라고?"
　방금 마트에 다녀왔는데 아내가 대파를 깜빡했다고
　할 때.
　"캔맥주 사 와도 되지?"

"우리 아빠 맞아?"

너무 고단해 실컷 잠이나 자고 싶은데 주말 아침부터 놀이공원에 가자고 아이가 생떼 쓸 때.

나는 나를 잠깐, 서랍에 넣고 잠가두고 싶다.

마음 곁에 마음을

손가락 하나 까딱이고 싶지 않다는
몸의 말들에 귀를 기울인다.

몸이 설거짓거리를 쌓아두고 주방을 벗어난다. 몸이 몸을 방으로 끌고 들어가 침대 위에 누인다. 침대 위에 널브러진 몸이 널브러져 있는 수건을 발가락으로 집어 던진다. 몸이 몸을 밀어 막 잠 속으로 들어가려는 순간 벨소리가 울린다. 이러다 말겠지 하는데 계속해서 울린다. 간신히 손가락을 까딱여 휴대전화 전원을 끈다.

026

근사하다

한걸음 더 내 안으로 들어온 너

근사하다는 것은, 밋밋하고 삭막한 창가에 꽃병 하나를
올려둔다는 것.

○ 오랜만에 스테이크와 파스타를 요리해 제대로
플레이팅하고 어울리는 커틀러리까지 식탁에
내어놓을 때.

○ '오, 내가 이 정도였어.'
목공을 배워 처음으로 DIY 서랍장을 완성해보았을 때.

○ '좀 비슷한 거 같은데.'
평소 좋아하던 일러스트 작가의 그림을 따라 그려볼 때.

○ 거실 등을 새로 달고 커튼도 밝은색으로 바꿔볼 때.

그저 그렇고 그렇던 날들의 자리에 소중한 일상을 앉힌다.

강물은 물길을 따라 흘러가고
너와 나는 우리로 흘러간다.

조팝꽃 환한 강변 오솔길을 함께 걷는다. 한적한 벤
치에 앉아 강물을 흘려보내다가 슬며시 어깨에 머리
를 기대본다. 네가 보는 것을 바라보고 네가 생각하
고 있을 것을 더듬어보다가 꽃 냄새를 한가득 들인
다. 한걸음 더 내 안으로 들어온 너의 냄새도.

　너와 나 사이의 거리가
　꽃이요 꽃밭이지
　──장석남 「거리」 부분(『왼쪽 가슴 아래께에 온 통증』,
　　　　　　　　　　　　　　　　　　　　　　창비 2001)

027

기운차다

아직 닿아본 적 없는 지점을 향해

기운차다는 것은, 생각지도 못한 특별 보너스를 받게 되었다는 것.

◌ 십년 넘게 탄 똥차를 버리고 새 차를 뽑게 되었을 때.
"와! 핸들에 열선이 있어!"

◌ '아, 드디어 되는구나.'
승진 심사에서 계속 떨어져 만년 대리 신세였는데
마침내 승진 공고가 났을 때.

◌ '그래, 이 맛에 산다!'
퇴근길에 마음이 통하는 친구와 삼겹살에 소주
한잔할 때.

◌ 남편이 애들 데리고 시골집에 가서 며칠 있다

오겠다고 할 때.

기분 좋은 에너지가 둥그렇게 주먹에 쥐여진다.

마음 곁에 마음을

분수는 분수여서 솟아오르고
나는 나여서 솟아오른다.

많은 날을 고요하게 고여 지냈다. 누구는 별 욕심 없
는 사람이라 평가하고 누구는 별 시답잖은 사람이라
고 비아냥대기도 했다, 내가 작고 환한 틈을 발견하
고 움직이기 전까지는. 분수, 솟구치는 물이 되기 위
해 좁은 구멍을 밀고 나간다. 지금껏 닿아본 적 없는
높이를 향해.

028

끄떡없다

다소 당혹스러워하기는 했어도

'태풍이 지나가나?'
끄떡없다는 것은, 밤새 덜컹대던 창문 안쪽으로 맑고
투명한 햇볕이 들어오고 있다는 것.

○ '이제 어떤 것에도 미혹되지 않는 마흔이 될 거야.'
제아무리 힘든 일이 닥쳐도 흔들리거나 방황하지
않을 때.

○ '어, 집에 들어가기로 약속한 시간이네.'
딱 한잔만 더 하자는 친구의 말을 뒤로하고 귀가할 때.

○ "다시는 내 앞에서 그 얘기 꺼내지 마!"
온당치 못한 방법으로 돈을 벌어보자는 친구의
제안을 뿌리칠 때.

◯ 예전보다 벌이가 안 좋아도 기죽지 않고 살아야겠다고
생각할 때.

미련없이 유혹과 집착들을 밀어내고 가던 길 간다.

밤새 가지에 쌓인 눈을 아름드리 소나무가
아무렇지 않게 툭툭 털어내고 있다.

한참을 지나서야 버스를 잘못 탔다는 것을 알게 되
듯이 의지와는 관계없이 내가 다른 방향으로 흘러가
는 때가 있다. 내 삶에 은근슬쩍 끼어든 사람이 나를
당혹스럽게 하기도 한다. 기습 폭설이 내렸으나 굴
참나무 위에 세 든 까치집도 그대로이고 사철나무가
가진 푸르름도 그대로이다. 스스로 꺾이는 가지는
없다.

무릎이 깨지더라도 다시 넘어지는 무릎
진짜 마음을 갖게 될 때까지
— 안미옥 「한 사람이 있는 정오」(『온』, 창비 2017)

029

나약하다

흔들리거나 흔들어보거나

나약하다는 것은, 그럴싸한 핑곗거리 하나를 찾아냈다는 것.

○ 저녁을 다 준비하겠다 약속했는데 생선 대가리를 자르기가 겁날 때.

○ "나, 오늘부터 금연한다!" "그래? 그나저나 곧 구조조정 바람이 불 거 같던데?"
금연을 결심한 뒤 곧바로 담배를 찾게 될 때.
"나, 담배 한대만 줘봐!"

○ '어휴, 너무 추워서 못 나가겠어.'
날이 생각보다 춥다는 이유로 십년 만에 만나기로 한 친구들 모임에 나가지 않을 때.

○ '왜 직접 얘기하지 않고⋯⋯'
출근한 지 사흘 만에 더는 못 다닐 것 같다는 전화를
신입사원 어머니가 걸어올 때.

말을 하면서도 머뭇거림은 숨길 수 없다.

마음 곁에 마음을

쉽게 흔들리는 게 아니라
가볍게 흔들어보고 있는 거다.

계속 가야 한다는 의지와 그만 가자는 의지가 부딪
친다. '처음 걸음'은 힘찼으나 잘 가고 있던 '지금 걸
음'이 더는 못 걷겠다고 한다. 처음 의지가 여전히
강하면 별 상관없지만 지금 의지가 조금씩 우위를
점하기 시작한다. 거기서부터 하나둘 둘러댈 말들이
생겨난다.

030

냉정하다

발등 위로 떨어지는 너의 차가운 말

**냉정하다는 것은, 같은 말은 두번 다시 들어주지 않겠다고
자르는 것.**

○ 갑자기 생산 장비가 고장나서 납품을 하루만 미뤄달라
하니 거래를 끊겠다고 할 때.

○ 식당에서 콩나물무침 좀더 달라고 하니 추가 금액을
내라고 할 때.

○ 몸이 갑자기 안 좋아져서 조퇴하겠다고 하니
보고서 작성이나 다 끝내놓고 조퇴를 하든 말든 하라고
할 때.

○ "웃고 들어오네, 재미로 회사 다녀? 당장 이거나 처리해!"
폭설에 길이 막혀 조금 늦었는데 부장이 흘겨보면서

차갑게 대할 때.

사레들리기라도 한 듯 마른기침이 나온다.

마음 곁에 마음을

정(情)은 기체 상태로 번져가고
냉정(冷情)은 고체 상태로 굳어간다.

사무실 앞으로 잠깐만 따라 나와보라는 말을 듣고
가벼운 옷차림으로 나간다. 목도리에 점퍼까지 입고
나온 너는 눈 하나 끔쩍하지 않고 셔츠만 입고 떨고
있는 나를 향해 끝도 없이 나무란다. 귀로 들어오지
않고 계속해서 발등 위로 떨어지는 차갑고 긴 말, 얼
음처럼 쏟아지는 말들을 발로 툭툭 차낸다.

넉 넉 하 다

바다를 보다가 바다가 되어

**넉넉하다는 것은, 당신과 마주 앉아 부족할 것 없는 저녁을
먹고 있다는 것.**

○ '이 가마솥더위에 얼마나 힘들겠어.'
　관리비를 천원씩 추가해 경비실에 에어컨을
　설치하자는 의견에 흔쾌히 동의할 때.

○ '전에 비하면 많이 좋아졌지 뭐.'
　형편이 나아지지 않아도 마음만큼은 여유를 가지고
　살자고 다짐할 때.

○ '제가 들어드릴 테니 조심히 올라가세요.'
　할머니의 무거운 짐을 버스에 실어드릴 때.

활짝 열어둔 문으로 바람이 들어온다, 시원한 풍경이

들어온다.

바다를 바라보다가
나도 너른 바다가 된다.

코발트블루 바다에 발을 담그고 앉아 스카이블루 하늘을 올려다본다. 각을 버리고 둥글어진 조약돌을 만지작만지작, 파도가 밀려와 몸 안에 파란 물을 들이고 간다. 먼바다 뭉게구름을 물고 하얀 갈매기, 나를 조급증 나게 하던 것들도 물고 날아 깊은 푸른색 위로 사라진다.

가만히 들었습니다. 저녁이 오는 소리를
— 나희덕 「그 복숭아나무 곁으로」 부분
(『어두워진다는 것』, 창비 2001)

032

느긋하다

더딘 걸음이었지만 그새 여기까지

느긋하다는 것은, 아직 오지 않은 사람에게 재촉 전화를 하지 않는다는 것.

○ '어, 꽃이 피어 있었네.'
바닷가를 거닐다가 우연히 만난 해당화를 오래
바라볼 때.

○ 꽉 막힌 고속도로를 빠져나와
벼가 익어가는 들판을 천천히 달리게 될 때.

○ 쉬는 날 오후에 늦은 점심을 먹고 집 근처 공원을
산책할 때.

○ 오후 다섯시까지 처리해야 하는 업무를 오후 세시에
마치고 났을 때.

그간 보이지 않던 것들이 보이고 들리지 않던 것들이 들린다.

마음 곁에 마음을

서두를 일 없이 버스를 타고
지하철로 갈아타고 나와 바람 부는 플랫폼에 선다.

출근하지 않는 사람이 되어 출근하는 사람들을 본다.
무표정의 얼굴로 줄을 서 있다가 출근 버스에 오르
던 나를 본다. 무기력한 몸으로 만원 지하철을 견디
던 나를 본다. 신호가 바뀌기를 기다렸다가 종종걸
음으로 건널목을 건너고 계단을 오르락내리락하던
내 발소리를 듣는다. 휴가 첫날 아침에 외곽으로 나
가면서.

033

다급하다

머릿속은 하얗거나 까맣고

다급하다는 것은, 일하는 중간중간 그대가 몹시 보고 싶어졌다는 것.

○ '김대리, 나 바쁘니까 말 걸지 마!'
일을 빨리 마무리하고 중요한 약속장소로 가야 할 때.

○ '곧 삐져나올 것 같아.'
배탈 나서 죽을 지경인데 화장실 칸칸마다 사람이 차 있을 때.

○ '헉헉, 이러다 놓치면 어떡하지?'
회식하다 말고 막차를 타기 위해 전속력으로 달려갈 때.

○ 아이 하원 시간이 되어가는데 아직 퇴근을 못하고 있을 때.

머릿속은 하얘지다가 까마득 까만색으로 채워진다.

이것저것 따질 때가 아니다.
어찌 되든 일단 해결하고 봐야 한다.

말이 느린 사람도 말이 빨라지고, 행동이 느린 사람
도 동작이 민첩해진다. 발을 동동거리고 입을 바짝
바짝 태우기도 한다. 버스에서 내려 택시를 잡아타
기도 하고, 속도가 좀처럼 나지 않는 택시에서 내려
뛰기도 한다. 절망하다가 희망을 품다가 비명을 지
르다가 안도의 한숨을 내쉬게 될 때까지, 머뭇거릴
시간 없이.

034

단단하다

조급하지 않게 세상으로 나아가면서

단단하다는 것은, 웬만한 일에는 끄떡도 하지 않는다는 것.
'그래? 그럴 수도 있지 뭐.'

○ '여기서 그만둘 순 없어.'
   신제품 개발을 세번이나 실패하고도 문제점을 찾기
   위해 다시 시작할 때.

○ '니가 첼로를 배운다고?'
   주위 사람이 비웃어도 흔들리지 않고 매일 저녁 레슨을
   받으러 갈 때.

○ '무플보다는 악플이 낫지!'
   내가 연재하는 글에 엉뚱한 나쁜 반응이 있어도
   그러려니 할 때.

설령 흔들린다고 해도 중심에 마음을 두고 흔들린다.

무르게 빨리 가지 않는다,
더디 가더라도 크고 야무지게 간다.

목재를 만지다보면 나무마다 성질이 조금씩 다르다.
가볍게 들리는 나무가 있는가 하면 묵직한 나무도
있다. 톱이 잘 들어가는 나무가 있는가 하면 유달리
톱을 밀어내는 나무도 있다. 빨리 자라는 오동나무
는 비교적 가볍고 톱도 잘 먹힌다. 오동나무에 비해
더디게 세상을 열어가는 박달나무는 확연하게 묵직
하고 여간해선 톱도 잘 먹히지 않는다.

　흔들리지 않으려 흔들렸었구나
　흔들려 덜 흔들렸었구나
　흔들림의 중심에 나무는 서 있었구나
　──함민복 「흔들린다」 부분(『눈물을 자르는 눈꺼풀처럼』,
　　　　　　　　　　　　　　　　　　　　　　창비 2013)

035

달콤하다

너와 내가 함께하는 시간

달콤하다는 것은, 휘핑크림 같은 시간을 너와 함께 보내고 있다는 것.

◯ 야근과 불면에 시달리다 모처럼 깊은 잠에 빠져
　들었을 때.

◯ 오솔길에 핀 아카시아꽃 하나를 입에 넣어보며 그와
　같이 걸을 때.

◯ 몇년 만에 연락이 된 친구와 만나 새벽까지 수다를
　떨다 잠들 때.

◯ '아, 평일에 쉬다니!'
　캘린더에 적지도 않고 잊고 지내던 회사 창립일에
　너와 같이 느긋한 시간을 보내게 될 때.

눈에 닿고 손에 닿는 모든 것이 부드럽다.

마음 곁에 마음을

너는 나에게로 오고,
나는 너에게로 간다.

가지꽃 핀다. 연보랏빛 가지꽃이 벌을 부른다. 붕붕,
가지꽃이 꿀벌의 얼굴에 얼굴을 비빈다. 붕붕, 날아
온 꿀벌이 가지꽃에 얼굴을 비빈다. 가지꽃 줄기와
꿀벌의 등이 가볍게 흔들린다. 샛노란 꽃가루가 간
질, 샛노란 햇볕 가루가 간질간질 흩날린다.

036

대견하다

나의 어깨를 토닥여주고 싶은 밤

대견하다는 것은, 원룸을 전전하던 내게도 친구를 초대할 수 있는 전셋집이 생겼다는 것.

○ 독하게 마음먹고 시작한 가게가 처음으로 적자를
　면했을 때.

○ 자주 아프던 조카가 유치원을 마치고 씩씩하게
　초등학교에 입학할 때.

○ 취미로 시작한 볼링인데 2년 만에 대회에 나가
　입상하게 될 때.

가장 먼저 떠오르는 사람에게 전화해 밝고 환한 목소리를 전한다.

마음 곁에 마음을

달을 창 안으로 들여
옆자리에 누인다.

머리 위에서 떨어지는 가로등 불빛을 안고 자던 반
지하의 밤들은 처연하게 아름다웠다. 퇴근하는 누군
가의 발소리조차 차라리 정겨웠다. 내내 함께하던
곰팡이와 헤어지고 옥탑방으로 이사한 날은 볕이 먼
저 계단을 타고 오르고 있었다. 무더위에 잠을 내어
주고 무심코 바라보던 창밖, 앞다투어 빛나던 도심
의 불빛이 양 볼을 타고 흘러내렸다. 내가 내 어깨를
토닥여주고 싶은 밤이다.

037

더 럽 다

아무렇지 않게 보여주는 너의 험한 모습

**더럽다는 것은, 최저시급 정도만 주면서 최고 수준의 일을
시키는 회사에 어쩔 수 없이 다녀야 한다는 것.**

○ "나 아니면 누가 너를 거두어주겠니?"
실력 때문이 아니라 불쌍해서 데리고 있다고 함부로
말하는 부장을 볼 때.

○ "아, 계산 좀 빨리빨리 해!"
주머니에서 돈을 꺼내 집어던지는 손님에게 아무 말도
못할 때.

○ 상사가 오판해서 납품 계약이 수포로 돌아갔는데 나의
잘못으로 일을 망치게 되었다고 뒤집어씌울 때.

벗어 던지면 가장 멀리 날아갈 것 같은 신발을 고쳐 신는다.

마음 곁에 마음을

웃는 것도 연습이 필요하다.

네가 한 말이 집으로 따라온다. 식탁까지 따라와 입
맛을 없게 하고 잠자리까지 따라와 눈을 멀뚱거리게
한다. 벌떡 일어나 샤워를 하고 간신히 새벽잠에 들
어서도 식은땀을 흘리게 한다. 몇날 며칠이 지나도
몸을 무겁게 한다. 너의 말을 깔창 밑에 욱여넣고 힘
차게 걷기 전까지는.

　수백번도 넘게 죽었으나 죽은 줄도 모르고

　늦은 밤 거울 앞에 앉은 사내여, 왜 웃느냐 너는
대체 왜 웃는 연습을 하느냐
　　　　　　　—박성우 「마흔」 부분(『웃는 연습』, 창비 2017)

038

두렵다

무심히 먼 날들을 떠올리다보면

**두렵다는 것은, 시내로 가기 위해 '초보운전'을 크게 써
붙이고 운전대를 잡는다는 것.
'아, 도저히 차선을 못 바꾸겠어.'**

○ 오늘만은 절대 술을 마시지 않겠다고 해놓고선 만취해
  퇴근하고 있을 때.

○ '신경안정제를 먹어야 하나?'
  임원들 앞에서 새로운 프로젝트를 발표해야 할 때.

○ 초등학교에 갓 입학한 아이한테 엄마 아빠가
  이혼하게 될지도 모른다는 말을 해야 할 때.

  **떨려오는 손을 허벅지에 대고 비비다보면 이번엔 발이
  떨고 있다.**

마음 곁에 마음을

무심히 먼 뒤의 날을
떠올려보다가 그만둔다.

헤드라인만 보고도 놀라 차마 뉴스를 클릭하지 못한
적이 있다. 어두컴컴한 골목의 으스스한 공기에 눌
려 선뜻 발을 들여놓지 못한 적이 있다. 이미 일어났
으나 혹시 또 일어날지도 모른다고 지레 걱정하며
피하고 싶은 일들. 노후의 삶이나 먼 내일을 떠올리
다가 막막한 생각을 닫고 창문을 연다. 어차피 한해
한해 나이는 먹어가는 것, 내가 사는 시간은 당기거
나 되돌릴 수 없다.

039

따끈하다

얼었던 몸이 스르륵 풀리면서

따끈하다는 것은, 함박눈을 뚫고 멀리서 온 친구와 술잔을 기울인다는 것.

○ "손이 왜 이렇게 차. 인사는 천천히 하고, 몸부터 녹여!"
오랜만에 나간 모임에서 친구가 난로 옆자리로 나를
잡아끌 때.

○ "날도 추운데 이거 하나씩 먹고 하세요!"
외근 나갔던 최 대리가 붕어빵 봉지를 내밀 때.

○ '아, 이제야 오네.'
손에 입김을 불면서 오들오들 떨다가 버스에 올라타게
될 때.

냉기만 있던 자리에 온기가 자리한다.

마음 곁에 마음을

얼었던 몸이 녹는다.
사람의 마을이 멀지 않다.

겨울산에 오른다. 앞서간 사람들의 발자국을 따라
능선을 탄다. 산 위에 올라 겹겹의 산을 내려다보는
기쁨도 잠시, 고갯마루를 내려오다 눈보라를 만난다.
응달진 비탈길에 움츠리고 있던 바람이 달려든다.
지독하고 집요하게 파고드는 추위 속에서 보온병에
담아 온 차를 마신다. 신발을 고쳐 신고 다시 몸을 일
으킨다.

040

막막하다

별다른 방법이 떠오르지도 않아

막막하다는 것은, 사막을 건너자 다시 사막이라는 것.

○ 별다른 대책도 없이 사직서를 내고 나올 때.

○ '택시에 두고 내렸나?'
집에 들어와 옷을 갈아입다가 지갑을 잃어버린 걸
알게 되었을 때.

○ 어머니는 돈을 좀 마련해달라 하는데 당장 세금 낼
돈도 부족할 때.

○ 갚아야 할 대출금이 얼마나 남았나 헤아려보게 될 때.

**내 앞에 있는 문제는 처음부터 답이 없는 문제인지도
모른다.**

마음 곁에 마음을

벽에 기대본다,
기댈 곳 없는 마음을 데리고 함께.

술기운이 들어와 몸을 재우는 날들이 지나간다. 끊었던 담배에 손을 대는 날들이 지나간다. 대책 없는 날들은 대책 없이 지나가고 살다보면 그냥저냥 살아진다는 말은 사라졌다 나타나기를 반복한다. 아득한 거리였으나 걷다보니 집 앞에 닿아 있다. 사막을 오래 걸어도 오아시스를 꿈꾸며 지친 걸음을 떼지 않을 이유는 없다.

물이 부서진 곳으로
달빛들이 모여든다.
─ 김용택 「달빛」 부분(『울고 들어온 너에게』, 창비 2016)

041

머쓱하다

괜히 한마디 툭 던졌다가 갑자기

머쓱하다는 것은, 모두가 무심한 표정인데 혼자만 웃고 있다는 것.

○ 외근 다녀오는 길, 팀원들 생각에 분식집에 들러 요깃거리를 사 왔는데 팀원들이 치킨과 피자를 시켜 먹고 있을 때.

○ "너만 살자고 그랬던 거 아냐?"
친구한테 속마음을 들키고 말았을 때.

○ "이렇게 하면 안 되는 거 아닌가요?"
까마득한 후배 앞에서 거래처 직원이 핀잔을 줄 때.

순식간에 경직된 몸에서 헛기침이 나온다.

마음 곁에 마음을

나를 잠시 넣어두었다가 꺼낼 수 있는
휴대용 주머니가 필요하다.

부서 내 모든 팀이 모여 회의를 하는 자리. 다른 팀
원이 의견을 내기에 별생각 없이 한마디 툭 던졌는
데 그만 화기애애했던 분위기가 싹, 사라지고 만다.
가볍게 웃던 입들이 일순간에 웃음을 거두고 일제히
어리둥절한 표정을 짓는다. 몸은 어디로든 숨고 싶어
하고, 입을 떠난 말은 여전히 회의실 공중에 떠 있고.

042

몽롱하다

창가 빗물과 창밖 불빛이 아른아른

'무슨 꽃향기가 이렇게 진할 수 있지?'
몽롱하다는 것은, 봄바람에 흔들리는 보랏빛 수수꽃다리를
바라보다가 나도 수수꽃다리처럼 흔들리고 있다는 것.

◯ 길을 가다 우연히 꿈에 그리던 이상형을 만났을 때.

◯ 어렵게 찾아낸 흡연 구역에서 참았던 담배를 한대
　 피울 때.

◯ 더는 견딜 수 없어서 빈속에 감기약을 먹게 될 때.

허공으로 떠올라 흔들리는 중심을 잡아 끌어내린다.

마음 곁에 마음을

자주 보라 자주 보라,

자주자주 보라.

문득 잠에서 나와 잠 속을 들여다본다. 내게 안겨 있
어야 할 너를 찾아보다가, 허리를 감고 있어야 할 팔
을 더듬어보고 방금 전까지 맡던 머리카락 냄새를
떠올린다. 꿈인 듯 꿈이 아닌 듯, 너의 냄새를 깊고
깊은 속으로 들이고 다시 눈을 감는다. 고개를 흔들
기만 해도 아주 영영 사라질 것만 같은 너를 안고 다
시, 잠으로 들어간다.

043

무감각하다

귓속으로 들어오지 않는 말

**무감각하다는 것은, 이미 마음에서 지워진 사람의 엄살과
애걸복걸하는 소리를 듣고 있다는 것.**
"나, 그만 일어나도 되지?"

○ '하도 끔찍한 소식을 많이 접해봐서 그런가?'
이런저런 사건사고 뉴스를 흘려들으며 아무렇지 않게
밥을 먹을 때.

○ '요새 나도 사는 게 너무 힘들어서 그렇겠지.'
호들갑스럽게 얘기하는 동료의 말이 전혀 귀에
들어오지 않을 때.

○ '또, 몸 바쳐 일해달라는 말을 하겠지?'
월요일 조회 때마다 회사를 위해 '성실한 자세로
열심히' 일하자는 말을 무심히 흘려들을 때.

이미 귀에 닿았던 소리가 울리지 못한 말이 되어 돌아간다.

피로에 젖은 달팽이관과
반고리관을 위해.

귀 안쪽에는 고막이 있다. 얇은 막으로 된 이것은 주로 소리를 진동시켜 속귀로 전달하지만, 말을 차단하는 기능도 한다. 불필요한 말, 관심 밖의 말이 들어오려 할 때 무의식적으로 튕겨내고 막아낸다. 머릿속이 엉켜 있을수록 이 기능은 더욱 강화된다. 눈만 끔뻑거리는 사람 앞에서 괜히 힘을 주지 말 일이다. 보고 있어도 보고 있지 않고, 듣고 있어도 듣고 있지 않다.

044

무겁다

생각이 쌓여 흔들리면서

**무겁다는 것은, 몸은 그대로인데 마음의 무게가
늘었다는 것.**

○ 출근시간에 맞춰둔 알람소리가 들리긴 하는데 도저히
몸을 일으킬 수 없을 때.

○ 명절은 다가오는데 대출금 이자도 제때 막지 못하는
형편일 때.

○ 승진심사에서 떨어진 다음 날 억지로 몸을 일으켜
회사로 가야 할 때.

○ 어떤 말을 들을지 몰라 통화 버튼을 누를 용기가 나지
않을 때.

◯ 잠깐이라도 보자는 친구에게 미안하지만 다음에
　보자는 말을 하게 될 때.

한층 한층 높아지는 생각의 탑이 흔들린다.

벽에 있어야 할 벽돌이 머리에,
바닥에 있어야 할 바위가 가슴에 있다.

하루 치 피로가 무릎을 지나 골반으로 올라온다. 허
리를 지나 어깨로 목덜미를 지나 정수리에까지 다
다른다. 스트레이트로 스트레스를 가져와 몸에 두고
가는 업무시간이 소화불량을 일으키고 가슴 통증을
불러온다. 목 결림과 어깨 결림과 편두통을 오래 머
물게 한다. 퇴근한 뒤에도 퇴근하지 않고 집에까지
따라오면서.

045

무기력하다

아무런 기운도 힘도 없어서

무기력하다는 것은, 날개가 거미줄에 걸려 있다는 것.

○ '그렇게 정성 들인 가게가 망하다니……'
멍하니 텔레비전 채널이나 돌리다가 컵라면 하나
끓여 먹고 쓰러지듯 누울 때.

○ 밥 한끼 같이하자는 친구도 귀찮고 술 한잔하자는
동기도 귀찮게 느껴질 때.

○ '어제 몇차까지 갔더라?'
전날 너무 달린 나머지 하루 종일 아무것도 못할 만큼
기운이 없을 때.

최소한의 움직임으로 최대한의 시간을 보낸다.

마음 곁에 마음을

하루하루는 너무 길었으나,
한달 두달은 금방 지나갔다.

구겨진 맥주캔과 빈 술병이 의지를 잃은 몸과 더불
어 나뒹군다. 재취업은 멀어지고 카드 결제일은 가
까워진다. 감당할 수 없는 날은 늘어가고 술에 젖어
사는 날은 줄어들지 않는다. 기나긴 밤은 잠도 기운
이 있어야 잘 수 있다는 걸 알려준다. 긴 듯 더디게
가는 겨울 오후, 이미 봄이 오고 있지 않느냐고 햇살
한줌이 펴진다.

046

무례하다

끝나기도 전에 말을 끊고 들어와

**무례하다는 것은, 핵심전략을 다 설명하기도 전에 말 끊고
들어온다는 것.
'아, 저 싸가지 하고는!'**

○ 겨우 택시를 잡는가 했는데 은근슬쩍 새치기한 사람이
자기가 먼저 와 있었다고 우기며 재빠르게 타고 갈 때.

○ '아, 회의 때 전화를 끄고 들어오는 건 기본 아냐?'
회의시간에 슬쩍슬쩍 카카오톡을 보며 웃는 후배를
볼 때.

○ 매번 먼저 인사를 하는데도 본척만척하는 사람을 볼 때.

시선은 가늘어지고 입은 뾰족해진다.

마음 곁에 마음을

의는 예의를 아는 사람에게만
통하는 단점을 가지고 있다.

예의는 공손하다. 함부로 말하지 않고 함부로 행동
하지 않는다. 잘못을 인정할 줄 알고 흔쾌히 사과할
줄도 안다. 웃으며 인사하는 것을 잊지 않으며 상대
를 존중할 줄도 않다. 그럼에도 예의는 최소한의 예
의 앞에서만 공손하다. 상식을 벗어난 행동을 하는
사람 앞에서는 굳이 예의를 지키지 않는다. 사람이
아닌 사람에 대한 예의는 따로 정해져 있지 않다.

047

무안하다

어디에 시선을 두어야 할지 모르겠어서

**무안하다는 것은, 꼭 참석해야 하는 모임이라고 권해서
갔더니 누구 하나 눈길조차 주지 않는다는 것.**

◌ "안녕하세요!"
큰 목소리로 반갑게 인사했는데 못 보고 그냥 지나가는
동료를 볼 때.

◌ "다 끝났는데 뭐 하러 왔어?"
회식 장소에 조금 늦게 도착했는데 회식을 마치고
사람들이 일어나려 할 때.

◌ 몇 번을 망설이다가 부서 선배한테 사과하는데
'죄송하다고 하면 다야?' 쏘아붙일 때.

◌ "더 필요한 거 있으면 그냥 저한테 말씀하세요."

거래처 직원과 점심 먹으러 갔는데 그가 음식 나르는
분을 열번도 넘게 부를 때.

어떤 말과 행동을 해도 다 어색하고 부자연스럽다.

표정과 웃음에도
엇박자가 난다.

남들은 다 웃는데 나는 왜 웃는지 알 수 없었다. 박
장대소하던 사람들이 하나둘 나를 바라봤다. 남들은
다 심각한데 나는 그만 웃음을 터트리고 말았다. 심
각한 표정의 얼굴들이 내 웃음을 일순간에 멈추게
했다. 남들은 다 안다는데 나는 진짜 몰랐다. 가볍게
웃는 것으로 어물쩍 넘어갔다. 버스 빈자리에 앉으
려다 앞구르기를 하고 만 날이었다.

048

벅차다

폴짝 뛰어오르면 하늘이 닿을 만큼

'드디어 공연 날짜가 잡혔어.'
벅차다는 것은, 취미로 시작한 기타 연주회를 카페에서
열게 되었다는 것.

○ 늘 실적 순위 꼴찌를 예약해놓던 내가 처음으로
　최고의 영업기록을 냈을 때.

○ '드디어 보게 되는구나!'
　뭉크 특별전에 가서 그림 「절규」 앞에 섰을 때.

○ 어렸을 때부터 막연하게 꿈꾸던 사회복지사가
　되었을 때.

세상 모든 것이 내게로 몰려와 쿵쾅거린다.

마음 곁에 마음을

애썼다. 고맙다,
내가 나인 게.

회사 내부망에 접속한다. 승진자 명단에 있는 이름
을 확인하고는 호흡을 고른다. 축하의 마음을 전해
오는 동료들에게 가급적 티를 내지 않고 고마움을
표한다. 무덤덤한 표정으로 귀가한 후, 내가 나에게
축하주 한잔 따라준다. 어머니 아버지한테서 걸려온
전화에 살아오면서 가장 듬직한 목소리를 건네준다.

049

부담스럽다

한발짝 다가오면 세발짝 뒤로

**부담스럽다는 것은, 조금 전 처음으로 인사한 사람이
어깨를 툭툭 치면서 친한 척을 해온다는 것.**

○ 평소에 사이가 안 좋던 옆 팀 동료에게 업무 협조를
부탁하는 이메일을 쓸 때.
'아, 처음 인사를 뭐라고 쓰지?'

○ "이거는 김 과장이 처리하고, 이것도 김 과장이 좀
처리해주고……'
할 일이 산더미인 내 앞으로 자꾸 업무가 떨어질 때.

○ 같이 식사나 하자는 선배를 따라갔는데 그가 계산도
안 하고 식당 문을 나가버릴 때.
'나한테 밥 사라는 거였어?'

네 마음의 줄자와 내 마음의 줄자에는 차이가 있다.

주춤 물러선다,
갑자기 큰 걸음으로 다가오는 너에게서.

한뼘 정도 가까워지면 충분하다 생각했다. 넘치지도
부족하지도 않은 너와의 거리, 나에게는 이미 정해
둔 친밀감의 거리가 있다. 하지만 너는 개의치 않고
불쑥 다가온다. 단번에 네걸음 다섯걸음 다가오는
너에게서 나는 일곱걸음 여덟걸음 멀어진다. 네가
쓰는 친밀 단위와 내가 쓰는 친밀 단위가 다르므로.

050

부당하다

아무리 생각하고 생각해봐도

**부당하다는 것은, 지연과 학연으로 승진이 빠르다는 것,
직속상관으로 부임한 까마득한 후배가 사장의
친인척이라는 것.**

◯ 국장이 늦게 출근하면 그럴 수도 있는 일이고 대리인
내가 지각하면 큰 잘못이라도 저지른 것으로 몰고 갈 때.

◯ 야근을 밥 먹듯이 시키면서 임금인상률은 동결시키는
회사를 볼 때.

◯ '제발 주말에는 좀 내버려둬!'
밤낮 없이 필요할 때면 전화를 거는 클라이언트를
대할 때.
"여보세요 고객님, 무슨 일이세요?"

일순간에 돌은 보석이 되고 보석은 돌이 된다.

마음 곁에 마음을

험한 일을 당하고 나면
무심코 나이를 세어보게 된다.

나무는 몸 안에 나이테를 두르고 있다. 다이어리에
동그라미를 그려 중요한 날을 기억하듯 해마다 봄여
름가을겨울 네 계절을 겹겹의 동그라미 안에 간직하
고 있다. 봄비 소리며 장마 소리며 가을비 소리며 폭
설에 가지 꺾이는 소리도 예외 없이 둥그렇게 감아
둔다. 옹이에는 상처를 담아 기억해둔다. 아름드리
나무가 되어도 잊지 않겠다는 듯이. 아름드리나무가
되어 무덤덤한 듯 햇살에 비춰보겠다는 듯이.

051

부질없다

이제 와서 괜히 후회하는 척하지 마라

부질없다는 것은, 이미 지나간 사랑을 놓지 않고 있다는 것.

○ 전혀 도움이 되지 않은 사람 취급을 하다가 회사를
그만두겠다고 하니 사직서는 수리할 수 없다고 할 때.

○ 할 말 못할 말 다 해놓고는 대충 미안하다고 할 때.

○ 온갖 험담 다 해서 멀쩡한 직원 퇴사하게 만든 뒤에야
'좋은 사람 하나 나갔다'고 할 때.

**지나간 일과 말은 이미 지나간 것이 아니라 진즉, 그 사람의
마음에 도착해 있다.**

마음 곁에 마음을

돌아갈 일 없다,
괴로운 척을 하면 할수록 더더욱.

문자에 답이 왜 이렇게 늦었느냐고, 겨우 한번 늦은
것으로 약속시간 하나 지키지 못하느냐고 마른 짜증
을 냈던 네가 연락을 해온다. 주말에 중요한 가족 모
임이 있다는 말에도, 오랜만에 친구들과 술 한잔해
야 한다는 말에도, 성난 목소리를 높였던 네가 밤늦
은 시간에 간절한 말들로 연락을 해온다. 연락을 받
을 일도 문자에 답할 일도 없다. 잠이나 자라, 나는
꿈속에서도 이미 강을 건넜다.

052

분하다

잠시도 견딜 수 없이

**분하다는 것은, 발의와 진행까지 주도했는데 프로젝트의
성과가 부장의 공으로 돌아간다는 것.
'아 정말 더러워서 못해 먹겠네.'**

○ 분명 상대방 잘못으로 교통사고가 났는데 피해자가
아닌 가해자가 되어 있을 때.
'블랙박스는 왜 아무것도 못 찍은 거야!'

○ 하도 졸라서 동업했는데 친구는 놀러나 다니고 나만
죽자 사자 일하는 상황이 되었을 때.

○ 응원하는 팀이 3점이나 앞서가다가 9회말 만루홈런을
맞고 역전패할 때.

양치질을 하다 말고 욕을 하고 있는 나를 본다.

마음 곁에 마음을

그만 아파하기로 한다,

나만 아파서.

남 일 같지 않고 내 일 같다. 딱한 후배가 사정사정
해서 있는 돈 없는 돈 긁어모아 빌려준다. 고맙다고
평생 잊지 않겠다며 울먹거리던 후배는 전화를 받지
않는다. 어느 날부터인가 전화번호를 바꾸고 잠적한
다. 불면증이 오고 원형탈모가 온다. 돌려받는 것보
다 버는 일이 빠를 것 같다고 마음이 정신과 치료를
권한다. 그 돈 가져다 잘 살고나 있겠느냐고.

불편하다

밥이 넘어가지 않을 정도로

**불편하다는 것은, 회식자리에서 하필 사장 옆에 앉게
되었다는 것.
'어색해 죽겠는데 다리에 쥐까지 나네!'**

○ 갑분싸 농담으로 억지웃음을 짓게 만드는 상사와
　같은 부서에서 일할 때.
　"이거 완전 웃기지?" '부장님이나 실컷 웃으세요.'

○ 다리를 쩍 벌리고 소파에 앉아 횡설수설 일장 훈시를
　하는 상사 앞에서 결재받을 때.

○ 술 취하고 냄새나는 사람이 지하철 옆자리에 앉을 때.

○ 입이 너무 거친 사람과 같은 사무실에서 일하게 될 때.

멀쩡한 오른발 두고 왼발로만 걷는 것 같다.

엄마라고 생각하라는 건
엄마는 아니라는 얘기다.

아무것도 사오지 말라는 건, 일단 오기는 하라는 얘기다. 아무것도 하지 말고 쉬었다 가라는 건, 이번엔 하룻밤 정도는 자고 가라는 얘기다. 이것저것 많이 챙겨 먹으라는 건, 신랑을 잘 좀 챙겨 먹이라는 얘기인가. 시댁 식구들과 과장 섞인 소리로 웃으면서 밥을 먹는다. 내 웃음소리를 확인한 뒤 반 박자 늦게 웃는 남편 옆에서.

054

비굴하다

굽실굽실 허리를 굽혀가며

**비굴하다는 것은, 아무것도 모르는 신입에게 잘못을
뒤집어씌우는 선배의 행동을 못 본 척한다는 것.**

○ 힘 있는 상사에게는 아부하고 후배 앞에서는 잔뜩
어깨에 힘이 들어가는 사람을 볼 때.

○ '어지간히도 우려먹네.'
다른 사람 약점을 잡아 필요한 때마다 이용하는
사람을 볼 때.

○ 마음이 식어 그만 헤어지자는 사람의 옷 붙잡고
울고불고할 때.

꼿꼿한 막대기 하나 허리에 꽂아 굽어지는 마음을 펴본다.

마음 곁에 마음을

애벌레는 꿈틀꿈틀 앞으로 가고
버러지는 굽실굽실 좌우로 긴다.

애벌레는 날개를 키워가고 버러지는 사사로운 욕심을 키워간다. 애벌레는 배춧잎을 갉아먹고 버러지는 약자를 갉아먹는다. 그리고 내일, 애벌레는 날개를 갖게 되고 버러지는 낯짝을 갖게 된다. 애벌레는 나비가 되어 날아가고 버러지는 그 낯짝으로 땅에 남는다.

055

비참하다

내 바로 앞에서 지하철 막차는 가고

**비참하다는 것은, 모욕과 면박을 견디면서까지 회사에
붙어 있어야 한다는 것.**

○ '그래 많이 바쁘구나. 그럼 다음에 보자.'
실연당하고 위로받고 싶어서 친구 열명한테
전화했는데 모두 바쁘다고 할 때.

○ 열대야에 정전이 되었는데 물까지 나오지 않을 때.

○ '대체 이게 무슨 상황이냐.'
가게고 전세금이고 다 날리고 단칸방 월세로
쫓겨나게 되었을 때.

○ 두달 전에 헤어진 애인의 SNS에서 나의 동창과
다정하게 찍은 사진을 봤을 때.

◌ 미친 듯 달렸는데 바로 내 눈앞에서 지하철 막차가 떠나고 있을 때.

몸 바깥으로 빠져나온 생각이 멍하니 나를 바라본다.

마음 곁에 마음을

어차피 버려야 할 것은
서둘러 버려야 한다.

퇴근길에 만나 저녁을 같이하던 시간을 지운다. 나란히 앉아 심야 영화를 보고 빗소리를 나눠 듣던 밤을 오려낸다. 짧아 아쉽기만 하던 주말을 지루하고 길게 보낸다. 그리고 오늘, 낯익은 이성과 익숙한 표정을 짓고 있는 너를 보고 만다. 설마 했던 모습을 보면서 따로 울지는 않는다, 눈물이 아까워서.

056

뻔뻔하다

부끄러움을 모르는 너

'아, 최소한 미안하다는 말은 할 줄 알았네.'
뻔뻔하다는 것은, 내 차를 막고 불법주차한 사람이 뒤늦게
나타나서 위아래로 흘겨보고는 차를 빼서 사라진다는 것.

◯ 음식을 거의 다 먹은 손님이 별별 생트집을 잡아가며
계산을 못하겠다고 할 때.

◯ 담배 연기가 올라온다고 조심스럽게 말을 꺼냈더니
적반하장으로 크게 화를 내는 이웃을 볼 때.

◯ "아니, 저 사람이 또 출마했어?"
뇌물을 받아 공직에서 물러난 사람을 선거 벽보에서
또 볼 때.

얼굴 안에 얼굴이 있다. 표정 안에 표정이 있다. 가면 안에

가면이 있다.

어디에선가는 좋은 사람
시늉을 내기도 할 존재들.

명백한 잘못을 해놓고선 눈을 부릅뜨고 노려보는 눈
이 있다. 막무가내로 우겨대며 버럭 화를 내는 입이
있다. 잘못이 확연하게 드러났는데도 그렇게 한 적
없다고 그런 말 한 적 없다고, 딱 잡아떼는 얼굴이
있다. 오만 인상을 써대며 오히려 삿대질까지 해대
는 손이 있다. 옳고 그름도 모르고, 부끄러움이 뭔지
도 모른 채. 황당하다가 화가 나다가, 측은한 마음이
들기도 한다.

057

뼈 아 프 다

별거 아니겠지 하고 넘어갔던 일

'이런 식으로 헤어지는 건가.'
뼈아프다는 것은, 부부싸움을 하다가 절대 해서는 안 될
말을 하고 말았다는 것.

○ '깜빡할 게 따로 있지.'
중요한 서류 가방을 택시에 놓고 내렸을 때.

○ '아, 자세히 좀 읽어볼걸.'
조항을 꼼꼼히 읽지 않고 계약서에 서명하고 말았을 때.

○ 사랑이 지나간 뒤에야 그게 사랑이라는 것을 알게
되었을 때.

'지금의 불길한 예감'은 머지않아 '지금 일어나는 일'이
되고는 한다.

마음 곁에 마음을

상처와 통증은 처음 유발 지점으로
돌아가려는 습성이 있다.

내게 돌아온다, 돌이킬 수 없는 말들이. 송곳은 끝이
뾰족해서 필요한 구멍을 내는 데 유용하다. 칼은 날
이 날카로워 뭔가를 자르는 데 적합하다. 그리고 말
은 원래는 둥근데 사람에 따라 뾰족하거나 날카롭게
쓰이기도 한다. 예기치 않은 상처와 오랜 통증을 유
발하기도 하는데 눈에 보이지 않아 더욱 치명적이다.
돌이킬 수도 없어서 더더욱.

058

사랑스럽다

이미 내 안에 들어와 있는 너

사랑스럽다는 것은, 내 안의 나를 은근하게 바라보고 있다는 것.

○ 아픈 곳 없이 건강하게 자라주는 아이가 새근새근
  잠든 모습을 바라볼 때.

○ '넌 풋내기 때부터 귀여운 데가 있었어.'
  이십년 가까이 생일을 챙겨주는 대학동기를 볼 때.

○ '여기, 엄마.'
  유년 시절에 찍은 단체사진을 보자마자 나를 딱
  짚어내는 아이를 볼 때.

○ 여드름이 나기 시작한 시절부터 지금까지 밤마다
  껴안고 자는 곰인형을 볼 때.

◌ 현관문을 열고 들어서면 좋아서 어쩔 줄 모르며
  팔짝팔짝 뛰는 댕댕이를 볼 때.

네가 아프지 않으면 나도 아프지 않다.

안아본다, 아직 제대로 한번
안아준 적 없는 내 안의 나를.

바닷가에 앉아 별을 보고 파도 소리를 듣다보면 가
만히 기대오는 누군가가 있다, 반짝이는 것으로 나
를 반짝이게 하고 맑은 것으로 나를 맑아지게 하는.
뭔가를 애써 주려 하지 않으면서도 이미 많은 것을
주고 있고, 마술을 부린 적이 없으면서도 이미 나를
행복하게 하는 마법을 가지고 있는, 내 안의 나.

059

서글프다

마음 털어놓을 사람 하나 없이

서글프다는 것은, 선배한테 '벌써 마흔이냐'고 한 게 엊그제 같은데 이제 내가 마흔이라는 것.

○ '가게를 하루만 닫아볼까?'
남들은 주말에라도 쉬는데 나만 365일 내내 일만 하고
사는 것 같을 때.

○ '이 나이까지 어떻게 산 거지?'
마음 털어놓을 친구 하나 없이 혼자 지내는 날이
계속될 때.

○ '그냥 합칠까.'
시간이 흘러도 여전히 낯선 도시에서 홀로 사는 내가
혼자된 엄마를 만나고 돌아올 때.

◯ '날은 왜 이렇게 좋은 거야!'
눈부시게 맑은 주말, 방에서 혼자 뒹굴고 있어야 할 때.

이성은 사라지고 감성만 남아 마음이 눅눅해진다.

풀꽃은 젖어 싱그럽고
사람은 젖어 쓸쓸하다.

생일 축하 노래를 부르고 촛불을 끈다. 케이크를 잘
라 접시에 나눠 먹는다. 근사한 저녁을 앞에 두고 접
시를 깨뜨리듯 요란한 수다를 떨다 일어선다. 쏟아
낸 말의 양만큼 텅 비고 쓸쓸해져 집으로 돌아간다.
불 꺼진 방에 불을 켜고 보일러 온도를 높인다. 칫솔
옆에 칫솔 하나가 더 있던 자리처럼, 잔다.

나는 오늘도
우리가 물결처럼
다시 만나야 할 날들을 생각했다
　　　──정호승 「강변역에서」 부분(『별들은 따뜻하다』,
　　　　　　　　　　　　　　　　　　　　　　창비 1990)

060

서운하다

바쁘다는 핑계로 신경도 쓰지 않아

서운하다는 것은, 날마다 내 등을 안고 자던 사람이 이제는 등을 돌리고 잔다는 것.

○ '그러고도 니가 친구냐?'
  힘들어하고 외로워할 때마다 밥 챙기고 술도
  사주었는데 정작 내가 힘들다고 하니 신경도 쓰지
  않을 때.

○ '이젠 정말 인연을 끊어야겠구나.'
  결혼식이며 돌잔치까지 챙겨준 친구가 아버지 빈소에
  나타나지 않을 때.

○ 월급이 밀려도 더 열심히 일해서 도산 위기의 회사를
  살려놨더니 사장이 '니가 그동안 한 게 대체 뭐냐'고
  할 때.

먼저 연락이 오기 전에는 연락하지 않는다.

나는 너에게 돈 얘기를
꺼낸 적도 없고 꺼낼 생각도 없다.

초등학교 때부터 우리는 늘 함께였다. 네가 있는 곳
에 항상 내가 있었고 네가 없는 곳에는 나도 없었다.
네가 팔을 다쳤을 때 나도 팔을 다친 것 같았고, 내
가 며칠 병원에 입원했을 때는 네가 매일같이 찾아
왔다. 스물을 지나 서른을 넘어서도 우린 마찬가지
였다. 하지만 언제부터였을까…… 마음대로 사업이
잘 안 된다는 말을 한 뒤로 나를 꺼려하는 모습이 역
력하다, 네가.

061

서투르다

표현하고 싶은데 어색하기만 해서

서투르다는 것은, '미안하다'는 말은 못하면서 그저 미안한 마음을 헤아려주기만을 바란다는 것.

○ '아, 입이 떨어지지 않네.'
　고맙다는 말이 쉽게 입에서 나오지 않을 때.

○ '얼마나 고생이 많으냐'는 말 대신 '뭐 그런 걸 가지고 힘들어하느냐?'고 말하고 말았을 때.

○ '사랑한다'는 말을 한 지가 언제인지 기억나지 않아서 아내에게 사랑을 표현하고 싶은데 어색하기만 할 때.

한번 하게 되면 계속하게 되고 한번 안 하게 되면 계속 안 하게 된다.

마음 곁에 마음을

처음엔 다 그래, 속으로만 끙끙 앓지 말고
견딜 수 없을 때는 힘들다고 말을 해봐.

처음엔 뭐든 낯설다. 너와 처음 손을 잡는 일도, 너
와 처음 입을 맞추는 일도, 너와 처음 사랑을 나누는
일도 어딘지 모르게 어색하기만 했다. 그러나 아름다
웠다. 처음이 아니어서 처음보다 아름다웠다. 첫 출
근을 한 뒤로, 첫 월급을 받은 뒤로, 첫 휴가를 받은
뒤로, 회사가 조금은 더 익숙해진 것처럼 안에 있는
것을 꺼내놓고 나면 사는 게 조금은 더 익숙해질 테
니까.

062

시무룩하다

아직 적응이 되지 않아서

시무룩하다는 것은, 듣고 싶지 않은 말들만 듣고 있다는 것.

○ 학교에 적응하지 못하는 아이가 큰 걱정인데 날마다
딸 자랑만 해대는 직장동료가 있을 때.

○ '아, 정말 아무것도 없어?'
생일날 만난 남자친구가 헤어질 때까지 깜짝
선물은커녕 축하 한마디 없을 때.

○ '회사 다니면서 열심히 준비했는데⋯⋯'
공모전 대상 수상 작품이 아무리 봐도 내 작품보다
못해 보일 때.

시간은 느리게 가고 피곤은 빠르게 온다.

마음 곁에 마음을

지금은 다만 적응할 시간이
필요한지도 모른다.

대파를 옮겨 심을 땐 골을 파고 일정한 간격으로 모종을 세워 넣은 후 흙으로 덮어준다. 옮겨심기를 마치고는 물을 충분히 준다. 하지만 제아무리 뿌리가 흠뻑 젖을 만큼 물을 준다 해도 모종은 곧 시든다. 어깨를 늘어뜨리거나 파랗던 줄기 끝이 누렇게 시들어간다. 그러나 한 2주일 정도 시간이 지나면 대파는 곧 싱싱하게 일어선다.

쑥스럽다

아직은 아니라는 생각이어서

**쑥스럽다는 것은, 두더지 앞에서 땅파기 시범을 보이고
있다는 것.**

○ '너무 짧게 잘랐나.'
과감하게 숏커트로 바꾼 다음 날 출근할 때.

○ 평소와는 달리 원색 옷차림으로 외출할 때.

○ "고, 고 스트레이트…… 그러니까, 저쪽이요."
딸 앞에서 길을 묻는 외국인에게 제대로 답하지 못할 때.
'이 쉬운 말이 왜 생각이 안 났지?'

○ 술자리에서 큰 실수를 하고 말았는데 그 친구한테서
'어제는 잘 들어갔냐'는 전화가 올 때.

은근히 부정이 아닌 긍정의 반응을 바란다.

마음 곁에 마음을

언젠가는 예전의 내가 아닌
다른 모습을 보여주게 될지도 모른다.

스트레칭을 마친다. 밸런스를 잡고 스텝을 밟으며
리듬을 탄다. 엉덩이와 어깨에 악센트를 주어 비트
를 튕겨 올리고, 가볍고 빠르게 손발을 뻗어 역동적
인 선을 만들어간다. '어설픈 몸치'가 아닌 '아름다
운 몸짓'인 나를 향해, 마냥 우스꽝스럽기만 한 지금
모습을 참아내면서 흥겹고 탄력 넘치게 아이돌 댄스
를 배운다.

064

쓰 라 리 다

아직 인정할 수 없는 마음이

쓰라리다는 것은, 이미 상처가 나버렸다는 것.

○ "오셨어요. 어머님!"
장모님 앞에서 실직하고 쉬고 있는 모습을 보여드려야
할 때.

○ '아, 거리로 나앉는 것보다는 이게 나으려나?'
친구에게 돈 좀 있느냐는 말을 꺼내고 있을 때.

○ 직장을 잃고 고생만 하다 갑자기 돌아가신 아버지를
떠올려볼 때.

**손톱을 깎다가 손톱깎이에 집혀 나온 살은 다시 붙일 수는
없다.**

마음 곁에 마음을

간절한 기대는
절망을 데리고 왔다.

인사 발표가 났다. 어제까지는 같은 직급이던 동료가
오늘부터 직속 상사로 바뀌었다. 왼쪽 자리와 오른
쪽 자리로 구분되던 동료와 나는 이제부터 윗자리와
아랫자리로 구분된다. '축하해'라는 말 대신 '축하드
립니다', 입이 먼저 공손하게 전한다. 익숙해져야 한
다. 익숙해져야만 한다.

065

아름답다

눈을 떼지 못할 만큼

**아름답다는 것은, 미용실 원장이 시장 좌판 할머니께
점심을 대접하고 있다는 것.**

◌ 지하철 계단에 쓰러져 있는 취객을 보고 경찰과 119에
전화하는 시민을 보게 될 때.

◌ 42.195킬로미터를 완주하는 마지막 선수를 지켜볼 때.

◌ '나도 저렇게 나이 들어가면 좋겠어.'
노부부가 다정하게 손잡고 산책하는 뒷모습을 볼 때.

◌ 겨울 산에 올라 눈 내린 먼 마을을 내려다보게 될 때.

어디선가 꽃 피는 소리가 크게 들린다.

마음 곁에 마음을

풍경에 마음을 더해,
겨울 판화 한장을 새기다.

일요일 아침부터 함박눈이 폭설로 내린다. 놀이터로
몰려나온 아이들은 눈을 모아 뿌리며 마냥 즐겁다.
마냥 즐겁지만은 않은 아파트 경비원 할아버지들은
모든 일을 멈추고 나와 눈을 치운다. 넉가래로 눈을
밀어내며 염화칼슘을 뿌린다. 분주한 손들 옆에는
젊은 아빠 하나와 어린아이 하나도 아까부터 빗자루
를 들고 나와 기꺼이 끼어 있다.

한알의 사과가 겸허히 익고 있으면
타는 햇살과 비바람에도 감사하리라
——도종환 「가을이 오면」(『사월 바다』, 창비 2016)

066

안 쓰 럽 다

허겁지겁 샌드위치를 먹는 모습

"오늘 야근할 것 같은데……"
안쓰럽다는 것은, 엄마를 기다리다가 깜빡 잠이 든 아이를
바라본다는 것.

○ "며칠 만에 쉬는 건지도 모르겠어."
   퇴근한 후에 대리운전까지 한다는 친구가 땀을 흘리며
   밥을 먹을 때.

○ "어제도 교정지 들고 퇴근했어?"
   출판사 다니는 후배가 교정지를 들여다보느라 밤을
   새우고 다시 출근한다고 할 때.

○ 회사 앞 학교 교문을 빠져나온 아이들이 우르르
   학원버스에 오르는 모습을 볼 때.

자꾸만 내 마음이 네게로 건너간다.

마음 곁에 마음을

언젠가 너는 비 맞고 온 내게
수건을 건넨 적이 있다.

점심시간이 한참이나 지난 오후. 문 열리는 소리가
들리고 외근을 나갔던 동기가 빠른 걸음으로 들어
온다. 밥 때를 놓쳤다며 허겁지겁 샌드위치를 먹는
다. 책상 앞에 수그리고 앉아 최대한 소리를 줄여가
며 빠른 속도로 샌드위치를 삼킨다. 컥컥대다 말고
멋쩍은 웃음을 내보이는 동기에게 탄산수를 건넨다,
웅크린 허리를 툭 쳐 펴주면서.

067

암담하다

앞이 전혀 보이지 않을 만큼

암담하다는 것은, 빛이 빚으로 바뀐 지 오래라는 것.

◯ 밀린 대출 이자 갚으려고 또 제2금융권 대출을
알아보러 다닐 때.

◯ '보러 오는 사람조차 없네.'
급하게 이사 가야 하는데 전셋집이 빠질 기미가
보이지 않을 때.

◯ 실업수당도 끊겼는데 아직 일자리를 구하지 못하고
있을 때.

◯ '둘 중 하나는 애를 전담해야 하지 않을까?'
남편만 믿고 일을 그만두었는데 그 회사가 문을
닫아야 할 형편에 놓이게 될 때.

낮은 밤으로 이어지고, 밤도 밤으로 이어진다.

마음 곁에 마음을

지금은 다만 살아 있어서
숨 쉬고 몸을 움직거린다.

지독한 가뭄이다. 물은 바싹 말라가고 바닥은 바짝
갈라진다. 강물이 빠져나가는 속도를 따라가지 못한
민물조개가 강바닥에 드러난다. 강줄기 웅덩이에 갇
힌 송사리며 붕어가 연신 입을 뻐끔거린다. 몇몇은
이미 마른 모래밭에 마른 지느러미를 붙이고 화석이
되어가고 있다. 따가운 날을 보내줄 만큼 보내준 뒤
에야 비로소 멀리서 비 소식이 온다.

068

애틋하다

보이지 않을 때까지 흔드는 손

애틋하다는 것은, 해외 지사 파견으로 3개월 넘게 떨어져 있는 그를 떠올려본다는 것.

○ "야, 하루 자고 가야지!"
세시간 넘게 차를 타고 와서 잠깐 얼굴만 보고 가는 친구에게 손을 흔들 때.

○ 트럭 한대 밑천 삼아 나를 공부시키고 키워낸 엄마 아빠를 떠올려볼 때.

○ '피아노 끝나고 태권도까지 해야 얼추 시간이 맞겠는데.'
엄마 아빠가 일을 마치고 올 때까지 학원을 돌아야 하는 아이를 생각하게 될 때.

몸은 멀어지고 마음은 가까워진다.

손 위에 손을 올려,
가만히 포개어본다.

작고 거친 손을 펴본다. 핸드크림을 발라도 부드러
워지지 않는 손, 마디는 대나무 뿌리처럼 툭 불거져
있고 오른손 새끼손가락은 눈에 띄게 굽어 있다. 잔
주름이 늘어가는 손등은 실핏줄이 선명하게 돋아나
고 손톱은 여전히 뭉툭하다. 그만 부지런해도 좋을
손, 나를 이만큼 키워낸 손. 보이지 않을 때까지 흔드
는 손을 두고 집으로 간다.

> 내가 휘청거리면서 그래도 쓰러지지 않는 것은
> 내 눈물에도 마디가 있기 때문이라고
> ——정호승 「마디」 부분(『포옹』, 창비 2007)

069

야속하다

힘들어할 때면 내 일처럼 도와줬는데

'나는 열번도 넘게 들어준 것 같은데.'
야속하다는 것은, 처음으로 아쉬운 소리를 했는데 단번에
거절당했다는 것.

○ 갑자기 배가 아프다는데도 텔레비전에만 빠져 있는
  그를 볼 때.

○ 주말만 기다렸는데 약속이 있다고 토요일 아침부터
  나가버리는 그녀를 볼 때.

○ '나 빼고 갔다고?'
  친구들이 나에게 말도 없이 바다에 갔다온 걸 SNS에서
  우연히 봤을 때.

○ 아쉬울 때는 친절하다가도 어려운 일이 끝나면 눈길

한번 주지 않는 동료를 볼 때.

지갑을 찾아주면서 없어진 돈까지 물어줄 수는 없다.

이제는 먹고살 만해졌다는 소식을 들었다.
부디, 잘 먹고 잘 지내기를.

원룸을 구할 때 보증금을 보태주던 나도, 연애에 실
패했을 때 몇날며칠 밤을 같이 울어주던 나도, 먼 지
방까지 가서 사흘 내내 너의 아버지 빈소를 지키던
나도, 결혼식 때는 들러리를 자청하던 나도, 돌아선
다. 어쩌다 얼굴은 보여줄 수는 있겠으나 이제는 마
음까지 보여주진 못할 것 같다. 조그만 가게를 시작
한 나에게 축하 화분은커녕 전화 한통 없는 너에게.

070

어 정 쩡 하 다

앉아 있기도 일어서기도

어정쩡하다는 것은, 밥 같기도 하고 죽 같기도 하다는 것.

○ 절친한테서 소개받은 사람이 밀당만 하며 모호한
태도를 보일 때.

○ 더 다니자니 지겹고 사직서를 내자니 겁이 나서
이러지도 저러지도 못할 때.

○ 계속 혼자 사는 것도, 결혼을 결심하는 것도 자신이
없을 때.
'지금까지도 혼자 잘 살아왔는데…… 그런데 앞으로는
괜찮을까?'

마음이 마음과 마음 사이에 끼어 있다.

마음 곁에 마음을

그만 일어나야 할지,
더 앉아 있어야 할지.

얼떨결에 별로 친하지 않은 사람들 틈에서 술을 마
신다. 형식적인 인사를 나누고 이따금 잔을 부딪치
면서 편한 것도 크게 불편한 것도 아닌 술자리를 이
어간다. 얘기가 끊길 때는 휴대전화를 만지작거리고
생각난 듯 화장실에 다녀오기도 한다. 딱히 할 말도
없고 가만히 있자니 어색하기만 한 자리. 때마침 한
사람이 먼저 일어나겠다고 하니, 줄줄이 일어선다.

071

억울하다

무슨 문제 있는 사람 취급을 하다니

**억울하다는 것은, 엘리베이터에 이미 방귀 냄새가 있었는데
뒤따라 탄 사람들이 흘깃흘깃 나를 본다는 것.**

○ 가장 먼저 출근해 급한 일을 처리하고 근처 편의점에
   다녀오는데, 딱 마주친 사장이 "출근이 늦네?" 할 때.

○ "아니, 배송이 안 왔다니까요!"
   배송 완료로 표시된 택배가 안 와 전화했는데 다시 한번
   잘 찾아보라는 말을 들을 때.

○ 분명 지난주에 보고했는데 부장이 깜빡하는 바람에
   보고조차 제때 못하는 직원이 되어 있을 때.

   해명하는 것도 구차해서 그만둔다.

마음 곁에 마음을

하나 확실한 것은,
문제는 당신에게 있다는 것이다.

평일 저녁에는 캘리그래피와 댄스를 배운다. 주말
에는 푹 쉬거나 외곽으로 드라이브를 하고 정기 휴
가 때는 해외여행을 떠난다. 나의 열정을 인정해주
는 직장도 있다. 결혼을 생각해보지 않은 것은 아니
지만, 이미 혼자가 익숙하고 충분히 만족하다. 간섭
받지 않고 살고 싶어서 혼자 잘 지내고 있다. 그런데
무슨 문제가 있어서 결혼도 못하는 사람 취급을 하
는 구세대들에게는 말하는 것도 입이 아프다, 그저
웃는다.

072

영악하다

순식간에 계산기를 두들겨보고는

영악하다는 것은, 사장이 다가오는 걸 본 김 대리가 갑자기
집게를 빼앗아 고기 굽는 시늉을 한다는 것.
"사장님, 적당히 잘 구워지지 않았나요?"

○ 끼어들기 금지 구간에서 기어코 머리를 들이미는
　자동차를 볼 때.
　'누구는 좋아서 이만큼 기다렸나!'

○ 핀둥핀둥 놀며 게임도 하는 동료가 상무가 들어올
　시간만 되면 혼자서 세상일 다 하는 사람처럼 굴 때.

○ "그럼 이번에는 합정역에서 모일까?"
　매번 모임 장소를 자기 편한 장소로만 잡는 친구를
　볼 때.
　'저번에도 그 동네였잖아!'

눈앞에 실리를 얻을지는 모르나 사람을 얻지는 못할 것이다.

마음 곁에 마음을

잔머리 돌리는 것만큼은
도저히 너를 따라갈 수 없다.

너는 그때그때 다르다. 내가 제안했을 때는 주말 약속 때문에 꼼짝 못한다더니 '낚시나 한번 갈까?' 하는 상무 말이 떨어지기 무섭게 밤에 마실 술은 자기가 준비하겠다며 호들갑을 떤다. 순식간에 계산기를 두들겨보고는 얼른 머리꼭지를 틀어 방향을 바꾼다. 하지만 수도꼭지를 함부로 이리저리 돌리다보면 헐거워진 틈새로 물이 새게 되어 있다.

073

완벽하다

햇살같이 투명한 휴일 오후

완벽하다는 것은, 나의 아이디어로 출시한 제품을 보고 있다는 것.
'어, 이 매장에도 있네.'

○ 좋아하는 요리를 좋아하는 사람과 먹고 있을 때.

○ 휴가 계획을 미리 짜고 여행 가방까지 싸두었을 때.

○ 외출하려고 구두를 신다가 문득 전신 거울을 보게 될 때.

○ 2주일 내내 작성한 마케팅 기획서를 마무리하게 될 때.

○ 친한 후배랑 같이 전부터 갖고 싶었던 진을 사서
   백화점을 나올 때.
   '엄청난 핏을 보게 될 거야!'

때로는 내가 만들어가는 시간이 눈부시다.

마음 곁에 마음을

비어 있다고 여기면 비어 있고,
꽉 차 있다고 생각하면 꽉 차 있다.

누군가의 발소리와 말소리를 듣지 않은 지 오래된
나의 공간. 미뤄둔 대청소를 마치고 아끼는 책을 한
권 펼친다. 책장을 넘기며 느긋하게 행간을 따라간
다. 첼로 연주와 커피 냄새를 채우고, 햇살과 같이 창
가에 앉아 시를 읽으며 투명한 휴일 오후를 보낸다.
지금 이곳이 세상의 중심이다.

074

울적하다

수다를 떨다가도 문득

울적하다는 것은, 거울 앞의 내 모습이 지워지고 있다는 것.

○ 평생을 친하게 지낸 친구가 외국으로 이민을 갈 때.

○ 고등학교 졸업앨범을 보다가 고개를 들었는데
  내 모습이 너무 달라져 있을 때.
  '나, 잘 살고 있나?'

○ '이러려고 결혼한 거 아닌데.'
  명절날 종일 전을 부치다 말고 문득 창밖을 바라보게
  될 때.

○ '이런 기분은 뭐지?'
  며칠 지나면 괜찮을 줄 알았는데 여전히 나아지지
  않을 때.

생각에 젖는다, 생각이 젖는다.

넘어진 사람이 먼저 손 내밀면
일으켜 안아주기가 한결 수월하다.

불안이 안정을 흔든다. 부정이 긍정을 누른다. 흐린
마음으로 떠난 마음이 맑은 마음으로 돌아오지 않는
다. 친구들을 만나 수다를 떨고 노래방에서 소리를
질러본다. 신나는 음악을 틀고 몸을 흔들기도 한다.
내켜하지 않는 몸을 챙겨 산책을 나간다. 조금은 더
밝은 쪽을 향해, 한 계단 한 계단 올라서면서.

한번 피어난 것은 서서히 져가고 사소한 근심은
똑똑 물방울처럼
—— 이근화 「양말이 꽃처럼」 부분(『뜨거운 입김으로
구성된 미래』, 창비 2021)

075

원망스럽다

그 말을 믿고 움직인 것이

원망스럽다는 것은, 일기예보를 보고 장우산을 챙겼는데 종일 해가 쨍쨍하다는 것.

◯ 위험하게 내 앞에 끼어든 차 때문에 교차로에서 파란불을 놓쳤을 때.

◯ "추가 경비가 얼마라고요?" 큰맘 먹고 간 해외여행에서 바가지만 쓰고 돌아와야 할 때.

◯ 부부싸움 중에 '왜 이렇게 당당해? 당신이 돈이 있어? 능력이 있어?'라고 말해버린 나 자신을 바라보게 될 때.

네 탓이든 내 탓이든, 일은 이미 벌어져버렸다.

마음 곁에 마음을

"지금 거기 어디야?
내가 바로 갈게."

일은 꼭 바쁠 때 생긴다. 친한 언니가 아침부터 다 죽어가는 목소리로 연락해온다. 전화로는 말할 수 없는 심각한 문제가 터졌다는 것. 잠시 망설이다가 거래처 약속을 미루고 단숨에 달려간다. 그런데 내 눈에는 정말 아무 일도 아니다. 기왕 들고 나선 우산을 양산처럼 쓰고 함께 걷다가 돌아간다. 차창 풍경 한번 눈부시다.

076

유별나다

친구라면 사족을 못 쓰는 그

'난 벌레가 정말 싫어.'
유별나다는 것은, 개미 한마리 나왔다고 업체를 불러 집안
전체를 소독한다는 것.

○ '아, 또 그럴 줄 알았다니까.'
거의 모든 요리에 듬뿍 후추를 넣는 그를 볼 때.

○ "뭐? 전용 냉동고까지 구입하겠다고?"
냉동실 가득 아이스크림을 채워두는 후배를 볼 때.

○ '낚'자만 들려도 벌떡 일어나 낚시가방을 챙기는 선배를
볼 때.

○ "파충류가 그렇게 좋아?"
도마뱀이 보고 싶어서 집에 먼저 가겠다는 친구를 볼 때.

○ 회의만 했다 하면 주야장천 잔소리를 해대는 부장을 볼 때.
'한시간 중에 안건 논의는 달랑 십분이라니!'

따로 할 말이 없게 만드는 재능을 새삼 발견한다.

정작 곁에 있는 사람은
깊은 외로움에 남겨진다.

인간관계가 좋은 것도 발이 넓은 것도 나쁘지 않다.
하지만 그는 오직 친구를 위해 사는 사람 같다. 저녁
을 먹다가도, 영화를 보다가도, 야근하다가도, 주말
여행을 갔다가도 친구에게서 연락이 왔다 하면 다
내팽개치고 달려간다. 시급한 일과 축하할 일은 또
왜 그렇게 많은지.

077

유쾌하다

바닷바람과 아침 파도소리

유쾌하다는 것은, 다음 주에나 올 줄 알았던 해외 배송 택배가 오늘 왔다는 것.

- 서둘러 점심을 먹고 봄꽃이 한창인 회사 근처 공원을 한바퀴 돌 때.

- 만원버스일 줄 알았는데 자리가 텅텅 빈 버스가 왔을 때.

- 아기자기한 지붕이 보이는 강변 마을을 걸으며 바람을 쐴 때.

- 좋은 사람을 소개받아 과하지 않은 저녁을 먹고 차 한잔할 때.

마음이 바닥에서 한뼘 반쯤 떠오른다.

마음 곁에 마음을

모처럼 휴가를 내어 한적한 바닷가 마을에서
하룻밤을 머무르다.

맑은 아침, 마당 가 푸른 풀잎에는 투명한 이슬이 줄
줄이 매달려 있다. 손끝을 내밀어보니 물방울 하나
가 툭, 손가락 위로 올라온다. 고개를 들어보면 다정
히 어깨를 맞대고 있는 파란 지붕과 주황 지붕, 바다
를 막 건너오는 바람과 파도 소리를 분주히 낮은 마
루로 맞아들여 앉히고 있다. 팔을 벌리고 누워 처마
끝에 걸린 하늘빛도 끌어내려본다.

　나비는 나의 새로운 형상
　나는 종일 나비를 따라 하네
　──문태준 「나는 나비를 따라 하네」 부분(『우리들의
　　　　　　　　　　　　　　마지막 얼굴』, 창비 2015)

078

익숙하다

끝없이 밀리는 출퇴근길

**익숙하다는 것은, 언제부터인가 혼자 밥 먹는 일이 전혀
어색하지 않다는 것.**

○ 상사에게서 어지간한 잔소리를 들어도 전처럼 화가
나지 않을 때.

○ 옴짝달싹 못하게 밀리는 지하철로 출퇴근하는 것이
당연한 일상으로 느껴질 때.

○ 4층에서 엘리베이터를 기다리는 대신 계단으로
내려가게 될 때.

머리보다 몸이 먼저 반응하고 움직인다.

마음 곁에 마음을

당황스러웠던 첫 기억이
헌옷처럼 구겨져 편안해진다.

상습 정체구간에 접어든다. 긴 자동차 행렬에 끼어,
가다 서기를 반복하면서 무심히 신호가 바뀌기를 기
다린다. 두번이나 바뀐 신호에도 건너지 못한 교차
로를 건널 수 있기를 바라면서 브레이크를 밟고 어
깨를 흔든다. 오디오 볼륨을 높여 늘어지는 시간을
줄인다.

079

적 적 하 다

딱히 하는 일 없이 보내는 하루

적적하다는 것은, 아침부터 바라본 천장을 오후에도 보고 있다는 것.

◯ 모두 휴가를 떠난 사무실에 덩그러니 혼자 남아
  걸려오는 전화를 받고 있을 때.

◯ '나도 그냥 돌아갈 걸 그랬나.'
  같이 여행 왔다가 급한 일이 생긴 친구가 먼저 가고
  혼자 숙소에서 자게 될 때.

◯ 아는 언니가 가게 좀 봐달라 해서 앉아 있는데
  손님은커녕 개미 한마리도 안 나타날 때.

◯ 티브이 리모컨이나 들었다 놓았다 하며 하루를 보낼 때.

시간이 빨리 흐르길 바라면서도 마냥 지나가는 시간이 아깝다.

휴대전화를 들여다보며
둘이 먹던 밥을 혼자 먹는다.

딱히 하는 일도, 하고 싶은 일도 없는 하루. 포털 메인 화면에 떠 있는 뉴스 몇건을 클릭해보다가 어떤 의무를 치러내듯 식탁에 앉아 밥을 먹는다. 고양이를 입양할까 강아지는 어떨까, 친구와 둘이 살던 시절을 떠올려보다가 무심코 창밖 하늘을 본다. 슬픈 것도 외로운 것도 아니다. 물맛 같은 시간이다.

080

주책없다

불쑥불쑥 팅겨내는 말

"요새 놀아? 정말 부럽다!"
주책없다는 것은, 실직한 친구 앞에서 회사 일이 점점
많아진다고 하소연을 하는 것.

○ 부장한테 불려가 한 소리 듣고 온 사원에게 기분이
어떻냐고 물어보는 과장을 볼 때.

○ 다들 멀쩡한데 초장부터 혼자 취해 울고불고하는
친구를 볼 때.

○ 자격증시험에 연거푸 실패한 친구 앞에서 자기는
시험에 떨어져본 적이 없다고 떠드는 사람을 볼 때.

○ 어머니 병문안을 와서는 '늙으면 일찍 죽어야 한다'는
식으로 얘기하는 친척을 볼 때.

가벼운 입과 행동이 가볍게, 삶을 그르치고 만다.

밥알 틈에 고춧가루 하나가
식욕을 떨어뜨린다.

사귀는 사람을 소개하는 자리에서 뜬금없이 오래전 헤어졌던 후배 얘기를 꺼내는 동기가 있다. 실의에 빠진 사람 앞에서 잘난 척을 하는 이가 있다. 일에 치여 사는 후배 앞에서 남아도는 시간을 어떻게 써야 할지 모르겠다는 선배가 있다. 야심차게 새로운 일을 시작하는 사람한테 이미 겪었다며 대뜸 초를 치는 친구가 있다. 과연 연이 이어지겠는가, 다시 보고 싶겠는가.

081

지긋지긋하다

도무지 나가지 않는 독감처럼

'하루에 열두번도 더 때려치우고 싶어!'
지긋지긋하다는 것은, 마음으로는 매일매일 사직서를 내고
있다는 것.

○ 여기 고치면 저기가, 저기를 고치면 또다른 곳이
  망가지는 중고차를 몰고 다닐 때.
  '아, 진짜 차 바꾸고 싶다.'

○ 딱 한잔만 더 하고 오겠다던 그가 새벽까지 들어오지
  않을 때.

○ 소개팅한 사람인가 싶어서 보면 또 어김없이 스팸
  문자일 때.

○ 아무리 아끼며 살아도 도무지 살림이 나아질 기미가

보이지 않을 때.

계속해서 단점만 눈에 들어온다.

아무리 비를 좋아하는 사람도
장마철 곰팡이를 달가워할 리 없다.

때로는 못마땅한 말을 듣고 온당치 않은 일을 경험
한다. 좋은 일만 겪으면서 지낼 수는 없다. 그러나 한
두번은 그러려니 하고 넘겨도 원하지 않는 상황이
되풀이되면 머지않아 한계점에 이르고 만다. 도무지
나가지 않는 독감을 앓을 때처럼, 그치지 않는 폭우
를 견딜 때처럼. 더 아프고 더 흠뻑 젖어버리면 차라
리 나을지도 모른다.

082

찜 찜 하 다

먼저 퇴근하라고 해서 나왔는데

찜찜하다는 것은, 반찬을 재활용하는 듯한 식당에서 밥을 다 먹었다는 것.

○ '밥을 챙겨두긴 했는데…… 그냥 몰래 도망갈까.'
고양이를 혼자 두었는데 회식이 길어질 때.

○ 유통기한이 조금 지난 우유를 마실 때.

○ 속이 좋지 않은 상태로 고속버스에 타야 할 때.

○ '바짓단만 젖은 게 아니네.'
출근길에 비를 맞아 젖은 채로 일을 시작해야 할 때.

○ 내비게이션 안내를 무시하고 내 감을 믿고 운전하는데
슬슬 차가 막히기 시작할 때.

손을 씻어도 개운한 느낌이 없다.

내일 걱정은
내일 해도 늦지 않다.

혼자 해도 충분하다고, 당신은 남아 있을 필요가 없으니 먼저 가라고 한다. 머뭇거리며 자리를 지키고 있으니 재차 퇴근하라고 손짓한다. 못 이기는 척 먼저 사무실을 나온다. 집에 와서 보니 부장한테서 부재중 전화가 두통이나 걸려와 있다. 놀란 마음에 전화를 하니 받지 않는다. 온갖 상상을 이어가다가 딱 잘라서 버린다.

083

착잡하다

걸리적거리는 존재가 되고 말아

착잡하다는 것은, 고기나 실컷 먹자고 친구들과 펜션을
잡았는데 애써 재워둔 고기를 집 냉장고에 두고 온 것.
'이제 와서 돌아갈 수도 없고……'

◌ '그냥 이직할까.'
  승진은커녕 한번도 가본 적 없는 소도시로 발령이
  났을 때.

◌ 실직하고 부모님 집에 얹혀살아야 하는 처지에 놓이게
  될 때.

◌ '할머니랑 잘 지내야 할 텐데.'
  아이를 혼자 키울 수 없어 어머니한테 맡기고 돌아올 때.

  이러지도 저러지도 못하는 마음이 한숨을 쉰다.

마음 곁에 마음을

바닥만 바라보다가
문득 위쪽을 바라본다.

비가 그친다. 능소화가 버스정류장 골목에 아무렇게
나 떨어져 뒹군다. 발에 밟히고 오토바이와 자동차
바퀴에 짓눌려 으깨진다. 아름다운 존재였다가 이제
는 걸리적거리는 존재가 되고 만 꽃. 어쩌다 바닥이
나 지저분하게 하고 있는가, 위를 바라보니 능소화
줄기가 훌쩍 담을 타고 저만치 건너가 있다.

084

참담하다

어두운 창고 같은 곳에 갇혀

**참담하다는 것은, 에어컨이 고장 난 장마철에 비까지
새어들어오기 시작했다는 것**

◌ 대출을 잔뜩 받아 아파트 중도금을 치렀는데 회사가
　부도나서 당장 출근할 곳조차 없어졌을 때.

◌ '어찌, 이런 일이 나에게.'
　이제 좀 사는가 싶었는데 정기 검진을 받고 심각한
　병에 걸린 걸 알았을 때.

◌ 볼일 보고 나오다가 신형 스마트폰을 변기에
　빠뜨렸을 때.

주저앉은 마음이 오래 일어나지 못하고 있다.

마음 곁에 마음을

'창고' 앞에 '보물'이라는
글자를 써 넣어본다.

창고 문을 열고 들어선다, 출근. 창고는 어둡고 창
이 있어도 바람과 햇살이 잘 들어오지 않는다. 자세
히 둘러보지 않아도 텅 비어 있는 것 같고 채워져 있
어도 쓸모없는 것들로만 가득 차 있는 것 같다. 매일
매일 창고에 갇혀 사는 것 같고, 끝내 이곳을 벗어날
수 없을 것만 같은 직장. 가만히 돌이켜보니 내게 전
셋집을 얻어주고 밥을 내주며 나를 여기까지 데리고
온 것도 이곳이었다.

085

처량하다

특별한 일 하나 없이

**처량하다는 것은, 야근하고 오다가 갑자기 쏟아진 비에
쫄딱 젖는다는 것, 무거워지고 둥글게 말린 몸을 굴려 빈집
현관에 들어온다는 것.**

○ 마이너스 통장에서 빼낸 돈으로 직장 후배의 결혼식에
다녀올 때.

○ 연락한 친구들마다 바쁘다고 해서 혼자 라면을 끓여
먹고 있을 때.
"응, 밥 잘 챙겨먹고 있으니까 엄마 걱정이나 해!"

○ 함부로 무례하게 말하는 택시 기사가 싫어 내렸는데
비가 쏟아질 때.
'아, 우산도 없는데……'

그게 누구든 지금의 내 모습을 보여주고 싶지가 않다.

팔을 끝까지 뻗어 그린
동그라미를 나에게 준다.

혼자여서 혼자이고 혼자가 아니어도 혼자다. 어제는
어제처럼 굴러가고 오늘도 어제처럼 굴러간다, 특별
한 일 하나 없이. 다이어리를 아무리 들여다봐도 제
대로 된 동그라미를 그려준 날이 없다. 외로워하고
쓸쓸해하는 나에게 영화를 보여주고 바다를 선물해
줄 날짜를 잡아본다.

086

초라하다

커 보이기만 하던 존재가 되고 보니

**초라하다는 것은, 전세자금 대출은 쌓여가는데 한강 전망
아파트로 이사한 친구의 집들이에 가고 있다는 것.**

○ "심심한데 우리 유럽여행이나 같이 갈까?"
그러지 말자고 다짐해도 남는 건 돈과 시간뿐인 친구와
비교하게 될 때.

○ '학원을 한달만 쉬게 해볼까?'
달랑 한곳 보내는 아이 학원비 걱정을 할 때.

○ 내가 입고 있는 셔츠만 유독 목 부분이 늘어져 있을 때.

고개를 들어서 너를 보고, 고개를 숙여서 나를 본다.

마음 곁에 마음을

아빠 신발을 신어보던 나도,
아빠가 되었다.

수술할 정도는 아니니 큰 걱정은 하지 말라고 덧붙
이면서, 형님은 시골 아버지의 입원 소식을 전해온
다. 내일은 힘들 것 같고 주말에 내려가겠다고 하고
전화를 끊는다. 대출금 잔액을 계산하다가 아버지의
병원비 몇푼 보태드릴 여유도 없는 나를 자책한다.
그러다가 문득, 마냥 커 보이기만 하던 아버지가 가
장 많이 하신 말을 떠올려본다. '어떤 상황에서도 당
당하게 살아가자.'

087

초조하다

입이 바싹바싹 타들어가면서

초조하다는 것은, 정기인사 발표를 앞두고 있다는 것.

○ 차가 너무 많이 밀려서 비행기 시간을 놓칠 것만
같을 때.

○ '설거지는 대충 끝냈고, 청소도 이 정도면…… 이놈의
담배 냄새는 왜 이렇게 안 빠지지?'
처가에 간 아내가 돌아올 시간이 다 되어갈 때.

○ "학원에서 몇시에 나갔죠?"
집에 들어올 시간이 한참 지났는데도 애가 아직 오지
않을 때.

빠른 심장박동 소리가 머릿속에 꽉 찬다.

마음 곁에 마음을

시간이 지나가는 속도와 시간을
느끼는 속도가 다르다.

이번 순서 다음이 내 차례다. 손톱을 깨물기도 하고
손에 차오르는 땀을 닦아내기도 하면서 발표할 원고
를 몇번이고 훑어본다. 느긋하게 앉아 앞을 바라보
고 있는 사람들을 문틈으로 들여다보기도 하면서 핵
심 내용을 중얼거려본다. 점점 빠르게 뛰기 시작하
는 심장 위에 손을 얹고 '괜찮다, 다 괜찮다' '이 순
간도 다 지나간다'는 말을 되뇌면서.

088

촉촉하다

이미 내 마음에 닿아 있는 너

**촉촉하다는 것은, 너의 마음에 나의 마음이 닿아 있음을
느낀다는 것.**

◌ 봄비 내리는 창가에 기대어 앉아 빗소리를 들을 때.

◌ "냄새 참 좋다 그치."
오븐에 막 구워낸 빵을 너와 나눠 먹을 때.

◌ "엄마, 보고 싶어서 많이 울었어!"
처음으로 2박 3일 캠프에 다녀온 아이가 와락
안겨올 때.

바깥이 아닌 안쪽에서부터 젖는다.

마음 곁에 마음을

마음의 눈으로 너를 보기 위해
눈을 감는다.

마음에 와닿는 말과 몸짓에는 물기가 있다. 넘치지
도 모자라지도 않은 물기, 고마움과 미안함, 그리움
을 머금고 있는 물기. 오래 써온 화장품처럼 트러블
없이 잔잔한 향기로 스며드는 물기. 존중인 듯 배려
인 듯, 그저 사랑이라고 말해도 이상할 것 같지 않은
물기. 너에게서 나에게로 번져오는 물기.

여치소리를 듣는다는 것은
오도카니 무릎을 모으고 앉아
여치의 젖은 무릎을 생각한다는 것
　　　　── 안도현 「여치소리를 듣는다는 것」 부분
　　　　　　　(『너에게 가려고 강을 만들었다』, 창비 2004)

089

편안하다

금요일 저녁의 내 집처럼

편안하다는 것은, 바쁜 한주를 마치고 내 집에 와 있다는 것.

◯ 바닷가 모래밭에 누워 밤하늘을 올려다보고 있을 때.

◯ 소파에 누워 텔레비전을 보다가 한잠 잘 때.

◯ 오랜만에 이십년 지기 친구들을 만나 격의 없이 떠들며 시간을 보내게 될 때.

◯ 모처럼 깊은 잠을 자고 난 뒤 커피 한잔할 때.

입은 '아-' 소리를 내고, 몸은 아무도 의식하지 않는 자세를 취한다.

마음 곁에 마음을

전망 좋은 여행지는 며칠 묵기 좋고
집은 매일 지내기 좋다.

낯선 곳은 신선하고 익숙한 곳은 아늑하다. 몸은 늘
새로운 곳을 궁금해하고 찾아 떠나지만 이내 집으로
돌아오길 열망한다. 가죽 소파가 아니어도 상관없고
좋은 침대가 아니어도 좋다. 금요일 저녁, 약속도 잡
지 않는다. 출근 복장에서 추리닝으로 바꿔 입은 몸
이 소파에 등을 기댄다. 이곳은 나의 집이다.

090

평화롭다

수고로움이 주고 간 시간

평화롭다는 것은, 어미젖을 빠는 새끼 염소를 바라보고 있는 것.

○ '저 작은 배는 어디를 다녀오는 걸까?'
바다 쪽으로 난 큰 창으로 먼 섬과 잔잔한 물결을
바라볼 때.

○ 시골집에 가서 부러 아무 일도 하지 않고 한가로운
시간을 보낼 때.

○ 강변 벤치에 기대앉아 강물 위를 날아가는 물새 한쌍을
바라볼 때.

○ 잘 놀고 잘 먹고 막 잠이 든 아이를 가만히 바라볼 때.

눈앞에 보이는 풍경을 오려 마음의 창가에 붙여둔다.

수고로움이 주고 간
푸른 고요에 들다.

푸른 고요는 번잡하고 분주한 일들이 지나간 뒤에야
온다. 속도와 경쟁에서 벗어나 있어야 다가온다. 시
끄럽고 복잡한 곳에는 되도록 발을 들여놓지 않고
이기고 지는 걸 굳이 따지지 않는다. 일없이 느티나
무에 기대어 앉아 모내기 마친 논을 바라보는 초여
름 한낮, 초록 그늘을 내려주던 느티나무가 나를 가
만히 내려다본다.

091

포근하다

봄볕에 기댄 너와 내가

포근하다는 것은, 너를 품고 있다는 것, 네 품에 내가 안겨 있다는 것.

○ 버드나무 이파리가 푸릇푸릇 올라온 봄날, 너와 함께 강가를 걸을 때.

○ 혼자 골똘하게 생각에 잠긴 아이에게 살금살금 다가가 뒤에서 꼭 안아볼 때.

○ 새로 꺼내주는 두꺼운 이불을 덮고 큰언니 집에서 하룻밤 잘 때.

온기는 나눌수록 더 따뜻해진다.

마음 곁에 마음을

한발짝 물러서면 그늘이고
한발짝 나아가면 햇볕이다.

모처럼 날이 풀린 주말, 가까운 공원을 걸으며 움츠
린 몸 안으로 볕을 들인다. 봄볕이 먼저 와 있는 벤치
에 걸터앉아 도시락을 먹는다. 물러나면 차갑고 다
가앉으면 따뜻해지는 봄볕에 등을 대고 커피를 마신
다. 점점 더 따뜻해지는 것은, 이 모든 순간 속에 네
가 함께 있기 때문이다.

092

하 염 없 다

강 언덕 바위에 팔베개하고 누워

**하염없다는 것은, 쌓인 눈 위에 다시 폭설이 내리고
있다는 것.**

- ⃝ 마음이 식은 사람을 카페 문 닫을 때까지 기다리고
  있을 때.

- ⃝ 연인과 다투고 나와 목적지 없이 걷다가 먼 산이나
  보며 앉아 있을 때.

- ⃝ 잠을 자다 깨어 쏟아지는 장맛비 소리를 아무 생각
  없이 듣고 있을 때.

- ⃝ 밀물이 썰물이 되어 물러날 때까지 갯바위에 기대
  있을 때.

○ 한번 터진 눈물이 그칠 기미를 보이지 않고 마냥
  흐를 때.

○ 정자나무에 기대앉아 빈 들판을 끝없이 바라볼 때.

한 생각 위에 다른 생각이 쌓였으나, 결국 같은 생각이다.

마음 곁에 마음을

돌아가야 할 시간이 지났으나
나는 아직 그대로이다.

발길 뜸한 강변 오솔길에 접어든다. 한낮 강 언덕 아
래 바위에 누워 이따금 지나가는 구름이나 막연히 올
려다본다. 상념이나 걱정도 저렇듯 흘러가는 걸까. 어
쩌다 한번씩 근처를 산책하는 발소리가 들려오지만
나와는 무관한 걸음이다. 저린 손을 풀고 다시 팔베
개를 한다. 저녁 어스름으로 서쪽 별 하나 떠오른다.

093

한심스럽다

리모컨이나 눌러대고 있는 내가

한심스럽다는 것은, 슬리퍼를 끌고 나갔다가 돌아와
구두로 바꿔 신고 출근하고 있다는 것.

○ '쇼핑 중독인가. 이제 놓아둘 곳도 없네.'
　 인터넷에서 마구잡이로 구매한 물건을 바라볼 때.

○ 핸드폰을 손에 들고 핸드폰 찾는다고 분주한 그를 볼 때.

○ "사람 맞아?"
　 사흘 내내 마셨으면서 또 술 약속이 있다는 그의 전화를
　 받을 때.

○ 월급을 훌쩍 뛰어넘는 카드 명세서를 들여다볼 때.

한 소리 듣거나 한 소리 한다.

마음 곁에 마음을

남들은 샘솟는 삶을 살아가는데
내 생활은 누수가 되고 있는 것 같다.

내내 보이지 않다가 연휴 마지막 날에야 보인다. 양
말과 옷가지가 어지럽게 흩어져 있는 방, 빈 그릇이
쌓여 있는 싱크대와 먹다 남은 음식이 널린 식탁. 그
리고 빈 병처럼 나뒹굴며 티브이 리모컨이나 들고
있는 내 모습. 어느 날 문득, 주위를 보면 내가 보일
때가 있다.

094

향기롭다

내 안에 들어 있는 네가

향기롭다는 것은, 어렴풋하게나마 어떻게 살아가야 할지를 알아간다는 것.

◯ 멀리 떨어져 있어도 너의 냄새가 여전히 짙게 남아 있을 때.

◯ 모처럼 복잡한 도심에서 벗어나 들꽃 가득한 들판을 걸어보게 될 때.

◯ '무슨 음악이 좋을까?'
제철 과일을 먹고 차도 한잔하면서 모처럼 여유로운 시간을 보내게 될 때.

숨을 최대한 깊고 길게 들이마시며 지금을 기록해둔다.

마음 곁에 마음을

우리는 모두 자신만 모르는
향기를 만들어가고 있다.

자두에는 자두꽃 냄새가 들어 있고 사과에는 사과꽃
냄새가 스며 있다. 고유한 냄새는 어느 날 갑자기 생
기지 않는다. 자두는 자두꽃을 피우던 시절부터 자
두 냄새를 키워왔고, 사과는 사과꽃을 피우던 시절
부터 사과 냄새를 늘려왔다. 자신만의 냄새를 몸 안
으로 들이며 하루하루 익어갔다. 자두를 만진 손에
서 자두 냄새가 난다. 사과를 만진 손에서 사과 냄새
가 난다.

095

허전하다

빈자리가 너무 커서

허전하다는 것은, 맥주 없이 치킨을 먹고 있다는 것.

○ 내가 의지하던 선배가 떠난 뒤에 출근해 일과를
시작할 때.
'아, 그 사람의 빈자리가 이렇게 컸구나.'

○ 사무실 입구에 있던 커다란 고무나무 화분이 치워진
것을 뒤늦게 알았을 때.

○ '엄마랑 떨어져서 잘 수 있겠어?'
늘 붙어다니며 조잘대던 아이가 외할머니랑 하루
자고 싶다고 해서 보냈을 때.

있다가 없는 자리가 점점 더 커지며 넓어지고 있다.

마음 곁에 마음을

네가 본 곳을 바라보고 네가 앉았던 자리를
만져보면서 하루를 보낸다.

뭐가 그리 즐거웠고 심각했는지 모른다, 할 말은 또
왜 그리 많던지. 사흘 내내 붙어 지내던 친구를 배웅
하고 돌아와 연휴 마지막 날을 보낸다. 전처럼 다시
혼자, 밥을 먹고 잠을 청하면서 문득문득 너와 함께
한 시간을 더듬어본다. 너의 표정을 꺼내서 보고, 너
의 말소리를 다시 꺼내 귀 기울여본다.

무언가를
묻고 온 밤에는 꼭 계절을 묻게 된다
　　　　　　　　　　　──정끝별 「그루밍 블루」 부분
　　　　　　　　　　　　　　　（『모래는 뭐래』, 창비 2023）

096

환하다

구겨진 마음이 펴지면서

**환하다는 것은, 해맑게 웃는 너의 곁에서 나도 밝게
웃어본다는 것.**

○ 하다 만 일을 마저 끝내고 오후의 창밖 하늘을
바라보게 될 때.

○ 이제 막 걸음을 떼기 시작한 아이가 아장아장 걸어
내게로 올 때.

○ 언덕에 올라 해가 떠오르는 아침 바다를 내려다보게
될 때.

**아침 바다처럼 아이 웃음처럼 비 그친 하늘처럼 안쪽으로
빛이 가득 들어찬다.**

마음 곁에 마음을

밝은 웃음을 떠올리면
힘들다는 말도 사라진다.

담장 너머로 해바라기 한송이가 고개를 내밀고 있다.
키가 훌쩍 큰 해바라기 옆에 키 작은 해바라기 한송
이도 빼꼼, 얼굴을 밀어 올리고 있다. 골목 안쪽이 궁
금해 기웃대면서 푸른 하늘에 이마를 대고 있다. 호
기심 가득한 눈빛을 하고 환한 볕으로 세수를 하고서.

097

후련하다

한여름에 쏟아지는 소나기처럼

후련하다는 것은, 오래 앓아온 속 얘기를 친구에게 다 털어놓았다는 것, 펑펑 울면서 위로받았다는 것.

◌ '진작 업체를 부를걸 그랬어.'
막힌 하수구가 시원하게 뚫렸을 때.

◌ 사람을 사람으로 대하지 않는 회사에 사직서를 던지고
나올 때.

◌ 걸핏하면 퍼지는 고물 자동차를 처분하고 나설 때.

**내내 수면을 방해하는 일 하나를 치워내고 깊고 깊은 잠에
빠져든다.**

마음 곁에 마음을

풋대추 같은 빗방울이
한여름 창가를 두드린다.

후텁지근한 날이 이어진다. 세상을 다 삶아내겠다는
듯 몇날 며칠이고, 도심 전체가 푹푹 찐다. 달리 손
쓸 방도가 없는 한낮의 폭염을 느닷없이 몰려온 소
나기가 걷어간다. 목덜미에 감긴 끈적끈적한 공기를
풀어가고, 도로 위에 들러붙은 불볕더위를 쓸어간다.
장대로 풋대추 쏟아내는 소리로 푸르고 경쾌하게 폭
염을 털어간다.

098

후회스럽다

순간을 순간적으로 놓치고

**후회스럽다는 것은, 어렵게 '미안하다'는 말을 꺼낸 너에게
대뜸 화부터 내고 말았다는 것.**

○ 가게를 개업한 지 석달 만에 '전에 다니던 회사나 잘
다닐걸' 하고 생각할 때.

○ '어, 며칠 남지도 않았네.'
피트니스 정기 회원권을 끊어놓고 몇번 나가지
않았을 때.

○ 다이어트 계획을 잘 지키다가 순간의 유혹을 뿌리치지
못하고 폭식하고 말았을 때.

○ '시간이 애매한데, 김밥이나 먹을까?'
김밥 하나만 덜 먹었어도 고속버스를 놓치지 않았을

거라 생각할 때.

자꾸 작아지는 나를, 더는 작아지지 않게 한다.

지하철을 타고 갈까 하다가
택시를 잡았다.

우리는 순간적으로 매 순간을 놓친다. 삽시간에 놓친 순간들을 되돌리고 싶어한다. 그러나 되돌릴 수도 되돌아갈 수도 없는 시간들이다. 미안하다는 한마디면 충분하고, 고맙다는 말로 마무리했으면 좋았을 순간들. 택시를 타고 꽉 막힌 길 위에서, 지하철을 오래 떠올리는 것처럼 의미 없는 것도 없다.

099

힘겹다

흔들리고 넘어지면서

**힘겹다는 것은, 지친 마음을 앉혀 쉬게 할 의자가
필요하다는 것.**

◯ 연말연시에 한참 택시를 기다리다가 포기하고
비틀비틀 집을 향해 걷기 시작할 때.

◯ 사이가 나쁜 두 부장과 함께 프로젝트를 진행할 때.

◯ 중요한 회의 시간인데 꽃가루 알러지 때문에 재채기가
자꾸 나올 때.

◯ 당장 오늘부터 소식하겠다고 다짐하고 퇴근했는데
가장 좋아하는 닭볶음탕이 식탁에 올라올 때.

앞을 보고 있어야 할 시선이 자꾸 발끝 쪽으로 떨어진다.

마음 곁에 마음을

의자는 네 다리로 앉아 있고
나는 두 발로 너에게 간다.

의자도 처음에는 다리가 둘이었다. 하지만 자주 흔
들리고 넘어졌다. 그러던 어느 날, 의자와 의자는 서
로를 안고 하나의 의자가 되었다. 두 발인 의자에서
네 발인 의자가 되어 견고한 의자가 되었다. 자주 흔
들리는 내가 자주 넘어지는 너의 손을 잡는다. 흔들
려도 넘어지지 않는 의자가 된다.

　나는 지금 무릎걸음으로
　수천수만번째의 나를 건너는 중이다
　　　──유병록 「무릎으로 남은」 부분(『목숨이 두근거릴
　　　　　　　　　　　　　　때마다』, 창비 2014)

100

힘차다

팔을 쭉 뻗어올리며

**힘차다는 것은, 내가 그렇게 못난 사람은 아니라는 것을
문득 깨닫는다는 것.**

○ 실직한 뒤에야 오히려 적성에 딱 맞는 일을 찾게
되었을 때.

○ 내 삶이 결코 헛되거나 아무것도 아니지는 않다는
사실을 알게 되었을 때.

○ '너무 대충 살아온 거 아닌가.'
지금부터라도 열심히 살아야겠다는 다짐을 구체적으로
계획하고 실천에 옮길 때.

움츠려 있던 마음이 움츠린 어깨를 두드리며 활짝 펴진다.

마음 곁에 마음을

나팔꽃은 나팔꽃의 길을 가고
나는 나의 길을 간다.

바닥을 기던 나팔꽃 줄기가 창틀을 타고 올라 꽃을
피워냈다. 매번 허공 아래로 손을 떨어뜨리던 나팔
꽃 줄기가 헛손질에 헛손질을 보태며 지나온 길까지
밝힌다. 자신이 오를 수 있는 가장 높은 곳에 닿아,
다만 꽃을 피우는 일로 자신을 증명한다. 어제와 같
은 듯하나 어제와는 분명 다른 아침이라고, 팔을 쭉
뻗어 올리면서.

참 이상하고 신기하기도 하지?

마음이 내게 걸어오는 말을 들어주고
고개를 끄덕여주는 일만으로도,
마음의 어깨를 도닥여주는 일만으로도,

한결 너그러워지고 맑아지고 편안해진다.

고만고만하게 소소한 마음들을 꺼내어
가만가만 또박또박 적어보는 일만으로도
마음이 맑고 투명하게 일렁이며 환해진다.

참 이상하고 신기하기도 하지!

마흔살 위로 사전

나를 들여다보는 100가지 단어

초판 1쇄 발행 / 2023년 9월 29일

지은이 / 박성우
펴낸이 / 강일우
책임편집 / 이진혁
조판 / 박지현
펴낸곳 / (주)창비
등록 / 1986년 8월 5일 제85호
주소 / 10881 경기도 파주시 회동길 184
전화 / 031-955-3333
팩시밀리 / 영업 031-955-3399 · 편집 031-955-3400
홈페이지 / www.changbi.com
전자우편 / lit@changbi.com

ⓒ 박성우 2023
ISBN 978-89-364-3931-6 03810